臆病な支配者

宇奈月香

イースト・プレス

contents

序章

腕の中にある小さな命を救わなければ――。

リディア・クレマンは朦朧《もうろう》とする意識下で恐怖に震える命をギュッと抱きしめた。

「ママぁ、ママぁっ」

「だい…じょうぶ、よ……」

徐々に血の気が引いていくのを感じる顔に無理矢理笑顔を浮かべて、母を呼び泣く幼子の背中を撫《な》で続ける。

少女の名はアリス・ベナール。

その指には少女の指には大きすぎる指輪が嵌《は》められている。つい先ほど息を引き取ったアリスの母親から彼女と共に託《たく》されたものだ。

「ママぁ、どこぉ……。怖いよぉ……っ」

ああ、かわいそうに。

突然母を失った現実をまだ受け入れられていないアリスは、ひたすらリディアの腕の中で母を呼び続ける。

託された指輪に刻まれた紋章《もんしょう》で彼女が貴族であることは分かっていた。本来なら侍女がいるはずだ。だが、この騒ぎではぐれてしまったのだろう。

リディアですら目の前で起こった光景が怖いのだ。まだ片手で年を表せるであろうアリスが恐ろしくないわけがない。

（セルジュ、今どこにいるの……。お願い、無事でいて）

西の大陸へ渡る為に乗り込んだ客船カムイ号。その先にはリディア達の新しい未来が待っているはずだった。

子爵令嬢という身分も何もかもを捨てて選んだ未来だったのに、どうしてこんなことになってしまったの。

轟々《ごうごう》と唸《うな》り声を上げて真っ赤に燃え盛る客船の眩《まぶ》しさに目を細め、リディアは「あぁ……」と失望の声を零した。

厨房の扉から飛び込んできた紅蓮《ぐれん》の炎を前に、食堂で晩餐《ばんさん》に興じていた乗客達の歓声が悲鳴に変わるまでそう時間はかからなかったと思う。

千五百人を超える人達が我先にと救命ボート乗り場に押し寄せた。乗務員は女子供を優先的に乗せていたが、騒然となった現場でいったいどれだけの人間がその指示に従えただろう。パニックを起こし、船から海へ身を投じた者も少なくはなかった。

この船は沈没する。

誰しもがそう感じていた。恐怖は紅蓮の炎に煽《あお》られ、次々と引き起こされた惨劇により辺りは阿鼻叫喚《あびきょうかん》に満ちた地獄《じごく》絵図そのものとなった。

混乱の最中、リディアは最愛の人セルジュ・カーターに無理矢理救命ボートに乗る為の列に押し込まれた。

「嫌っ、私はあなたと一緒にいるの！」

「駄目だっ、あなたはここでボートに乗るんだ。僕も必ず後から乗る。いいねっ！」

「でも……っ、んんっ」

「――港で会おう、リディ」

はいと言えないリディアの唇を彼の唇が塞いだ後の、ターコイズブルー色した瞳いっぱいの懇願。リディアは頬を撫でた彼の手を咄嗟《とっさ》に握り返すも、放り込まれた人波によって放してしまった。

アリス達親子と会ったのはその後だ。

ズン…と地鳴りのような轟音がした直後、足下が傾《かし》いだ。大勢の人と共に床を滑落《かつらく》し、壁に叩きつけられる。背中に激痛が走った。柱に体をぶつけたと気づいたのは、誰かの呻《うめ》き声に遠のきかけた意識が呼び戻された後だった。

運よく人山から僅《わず》かに外れたところに転がったおかげで、すぐに起き上がることができた。だが、果たしてそれが幸運だったのか。リディアは目の当たりにした光景に瞠目《どうもく》した。

押し潰され白目を剝《む》いたまま息絶えた者、おかしな方向へ曲がった四肢の痛みにのたうつ者、苦痛の声を上げて手を彷徨《さまよ》わせている者。

「だ…、大丈夫ですか」

恐る恐る近くにいた人に手を差し伸べた時、その手を摑む白い手があった。

「……ねがい。この子を、たす……けて」

息絶え絶えの声に目を遣れば、貴婦人らしき女性が腕の中に小さな少女を抱えていた。

次の瞬間、夫人はゴホッと吐血した。飛び散った鮮血がリディアの袖に赤い斑点《はんてん》をつける。リディアは痛む背中に顔を顰《しか》めながら夫人の傍に跪《ひざまず》いた。

「しっかり…してっ！」

「港……夫が、待って……る。おねがい、この子を。早……く」

夫人の上には息絶えた巨漢の男がのしかかっていた。こんな男に押し潰されたらひとたまりもないに違いない。リディアは痛みを押して全身で男を押しやり、夫人の救出を試みた。が、

「アリス……、この子の名前……よ。これ…が、身分を証明……してくれ、る」

夫人は自分の手を差し出し、指輪を抜き取るよう言った。シェルカメオで作られた紋章が琥珀《こはく》の中で輝くそれを。

「ベナール……家の、紋がある……から。どうか……」

「マダム！　しっかりして。弱気になっては駄目っ」

「わたくしは……もう。……お願い、アリスを……あの人に、……おねが……い」

「マダム！　マダムッ!!」

それきり、夫人は二度と動かなかった。

リディアは遭遇《そうぐう》した死に愕然《がくぜん》としながらも、彼女の最期《さいご》の願いを叶えるべくこと切れた夫人の腕の中から気を失っているアリスを助け出し、再び救命ボート乗り場へ歩いて行った。

(こんなことって、あんまりだわ……っ)

よろめく足で必死に順番を待ち、今度こそボートへ乗り込む。船底が海面に当たる感覚にようやく生きた心地がした。

アリスが目を覚ましたのは、その時だった。吹きすさぶ海風の冷たさを感じたからだろう。

「ママぁ、ママぁっ」

腕の中で母親を恋しがる泣き声が、夜の海に響く嘆きに共鳴する。辛《から》くもボートに乗れた者達はみな悲痛な面持ちで燃え盛る客船カムイ号を見つめていた。

(なんてむごい)

この中にアリスの母親がいるのだ。

直面した現実を見せまいと、深く胸の中に幼子の頭を押しつけた。

あなたのママはもういないのだ、とどうして言えるだろう。

リディアは意味のない「大丈夫」を繰り返しながら、怯えるアリスを抱きしめることしかできなかった。

「ねえ、あなた。大丈夫……？」

乗り合わせた女性がリディアの異変に気づき、声をかけた。が、リディアはそれに答える気力はもうない。ただ首を縦に振り、冷たい風からアリスを守る様に抱きしめるだけで精一杯だ。なのに、容赦ない背中の痛みのせいでちゃんと彼女を抱きしめているのかすら分からなくなってくる。感覚が徐々に消えていっているのだ。

海風の冷たさが否応なく体力を奪っていく。

あぁ、なんて残酷なのだろう。

寒いのは肉体なのか、おどろおどろしい光景に怯える心なのか。

（セルジュ、セルジュ……ッ）

託された子を抱き、心の中で最愛の人の名を呼び続ける。彼の安否を知る術のない今、リディアにできることは彼の無事を祈ることだけ。

「ママぁ……」

傾き出した客船は紅い炎に包まれている。立ちのぼる煙火が夜空を黒く染めていた。

（早く、誰か……助けて）

救難船はいつ来るの。自分達はどうなってしまうのだろう。

絶望的な眼差しで轟々と燃え盛る客船を見た。霞《かす》む目に業火《ごうか》の紅はやたら鮮やかで、舞い上がる火の粉に彩《いろど》られた夜空がおぞましくも美しいと感じた。

胸に広がる儚《はかな》さと無力さに為す術もなく、リディアは再びアリスを抱きしめる。そうしなければ心がどうにかなってしまいそうだった。

「大丈夫よ……、大丈夫」

それは誰に言い聞かせていたのだろう。

何度も同じ言葉を繰り返し、一刻も早くこの悪夢が終わることを祈った。が、リディアが覚えていたのはそこまでだった。


目を覚ました時、視界は白く眩《まばゆ》かった。

鳥の囀《さえず》りが聞こえる。心地好いベッドの感触といつも通りの朝に、ほうっと息を吐き出した。

──酷い夢だった。

朝の清々しさも霞んでしまうくらいの悪夢。どうしてあんな夢を見てしまったのだろう。

「気がつかれましたか？」

柔らかい声がした。

乳母のものにしては若い声音に目を遣り、視界に映った人物に瞠目した。そこには先程の悪夢の中で会った夫人とそっくりな女性が座っていたからだ。

リディアの驚愕に、夫人は悲しい顔をした。

（どういうこと？　だってここは私の部屋で……）

そう思い、リディアはぐるりと見える範囲を見渡し、ここが自分の知らない場所であることに気がついた。品の良い調度品を飾った部屋のすべてが見覚えのないものばかり。

（ここは、どこなの。私はいったい）

なぜ目の前に悪夢の中で会った夫人がいるのか。どうして自分は知らない部屋に寝かされているの。

起き上がろうと体に力を入れた途端、背中に激痛が走った。

「痛……っ」

「まだおひとりで起き上がるのは無理です。どうか楽になさって」

「待っ……て、お願い。教えてください。ここは、私はどうして？　あれは……現実のことだったの？」

リディアを押し止めた手を摑み、問いかける。夫人は視線を彷徨わせ、戸惑いを表した。

「お願いします、教えてくださいっ。あなたはあのご夫人なのでしょう？　あの子は？

それにセルジュは今、どこにいるのっ⁉」

愛しい人の名を呼んだと同時に、唐突にすべてを思い出した。

そうだ、自分達は客船の火災事故に巻き込まれたのだ。大勢の人が壁になだれ落ちた。そこで夫人と出会いアリスを託され、救命ボートに乗って、……それから？

それから自分はどうしたのだろう。ボートの上から燃える船を見たところまでは覚えている。けれど、そこからの記憶がまるでなかった。

どうやって陸へ着いたのかも、アリスをどうしたのかも分からない。当然、セルジュの安否もだ。

悠長に寝ている場合ではない。

再び起き上がろうとすると、「いけません！」と夫人に止められる。

「お願い、離して！　どうしても確かめなくてはいけないことがあるの。あなたが教えてくれないのなら自分で知るしかないでしょっ!!」

「そんな体ではどこへも行けませんわっ」

「それでも行かなくちゃ、セルジュが待っているの!!」

「レディ!!」

暴れるリディアとそれを全身で止めにかかった夫人が、ベッドの上でもみ合う。

「どうしたんだっ！」

騒ぎを聞きつけ飛び込んできたのは、知らない男性だった。

「ベナール伯爵、お願いします！　彼女を止めてください」

夫人の悲鳴に、足早に近づいてきたベナールが嫌がるリディアを無理矢理ベッドに縫いつけた。

「落ち着きなさい、レディ。ここは安全だ、もう何も心配はいらないよ」

「違う、違うわ！　セルジュは？　アリスはどこにいるのっ!?」

「アリスなら無事だ。あなたがずっと抱きかかえてくれていたじゃないか」

無事、という言葉にリディアの抵抗が緩んだ。

「私……が？」

「そうだ、覚えていないのか？　あなたは私の娘を胸に抱きしめたまま、ずっと〝アリス・ベナール〟の名を繰り返してくれていた。そのおかげで、私は娘と会えたよ」

「では、あなたが」

摑んでいた二の腕から抵抗の力が消えたのを確認し、ベナールはホッと胸をなで下ろした。体を起こし、ベッド脇に腰掛ける。

「私がベナールだ。娘が世話になったね、心からの感謝を言わせてほしい。ここにいるのは妻の姉、マリアだ」

紹介され、リディアはマリアを見た。

よく見れば、造作は似ているが船で会った夫人よりもほんの少し年を重ねている風采《ふうさい》に、

「あぁ……」と落胆の声を上げ、両手で顔を覆った。

あの事故が夢ならどれだけ良かっただろう。

目を瞑《つむ》れば、夫人の最期が瞼《まぶた》に浮かんだ。自分の身にかまわず、必死に娘を助けてくれと懇願した夫人。彼女はどんな思いでアリスを託したのだろう。きっとここで命が終わることが口惜しかったに違いない。彼女の心中を思うと、涙が止まらなかった。

ベナールはマリアに退出を促した。ふたりきりになると、リディアのすすり泣く声だけ

が部屋に木霊《こだま》した。

「少し話をしてもかまわないかな」

　ベナールの静かな声音に、リディアは顔を覆ったまま頷いた。

「セルジュと言うのは、あなたの恋人か？　あの船に乗っていたんだね」

「……ええ」

「どうだろう、あなたさえ良ければ私に彼を探す手伝いをさせてくれないか。その間にあなたはここで背中に負った傷の療養をするんだ。しばらくはベッドから出ることも困難だろうと医師が言っていた。あなたが動けない間、私があなたの手足になろう。救難船が港に着いた後、大勢の救助者が多くの病院へ散り散りに搬送されて行った。おそらく彼もその中のどこかへ搬送されているだろう。あなたはこの国へ来たことはあるのか？」

　首を横に振ると、「それではなおのこと、私の出番だ」と言われる。

「これでも少しは伝手《つて》を持っている。人探しくらいなら十分助けになれるはずだよ。必ず彼を探し出せるはずだ」

　力強い言葉にリディアはおずおずと顔を覆っていた手を開いた。鳶《とび》色の目がリディアを見下ろしている。慈愛とも親愛とも感じられる優しい眼差しに戸惑った。

「どうしてそこまでしてくださるの」

「あなたは娘を助けてくれた恩人だ。私にとっては、かけがえのない者を守ってくれた人の願いは私の願いでもあるんだよ。どうかあなたの力にならせてはもらえないだろうか」

年を重ねた渋みが溢れる造作が微笑で彩られる。薄茶色の髪がキラキラと窓から差し込む日差しに照らされ輝いていた。

「でもっ、……それは当然のことをしたまでです。見ず知らずの私を屋敷に入れてくださっただけでも申し訳ないことですのに、そのうえこれ以上のご迷惑はかけられません。それに奥様は」

「誰が迷惑だと言った？　私がそうさせてほしいと頼んでいるんだ。ここであなたの力にならなければ妻に叱られてしまうよ。〝あなたがそこまで薄情な人だとは思いませんでしたわ！〟と夢の中でどやされるのは間違いない。私の妻はね、とても怖いんだ」

リディアの言葉を遮りおどけた仕草をしたベナールだったが、愛する人を失った悲しみを押してリディアを気遣う姿に笑うことなどできなかった。彼も分かっているはずだ。カムイ号と共に夫人が海の底へ沈んでしまったことを。

押し黙ると、浮かべた笑みを止めてベナールもまた口を閉じた。リディアが彼の小指に光る指輪に気づいたのを見て、ベナールは力なく口端を持ち上げた。

「代々ベナール家に受け継がれている指輪でね、求婚する時に彼女に贈ったものだ。本来なら正式な妻となってから贈るものなのだが、それまで待っていられなくて。――いつか教えてもらえないだろうか」

ベナールは愛しげに指輪を触り、リディアを見た。

「妻の最期を。どういう状況だったのか知りたいんだ」

本当は今すぐにでも知りたいに違いない。けれど、いつかと時期を明確にしないのは、リディアもまたあの事故の被害者であるから。事故の記憶が新しいうちは、という彼の配慮が込められた言葉にベナールの優しさを感じた。それでも彼の心中を思うと涙が溢れてくる。

「……申し訳ありません」

「あなたが謝ることはないよ。今は傷を癒やすことだけを考えてくれ。彼の居場所は必ず私が探し出すと約束しよう」

「ありがとうございます」

込み上げる感情に声をかすれさせながら感謝を伝えると、ベナールは少しだけ困った顔をした。

「それで、いつになったら私はあなたの名前を教えてもらえるのかな？」

拗《す》ねた口調に、そういえばまだ名乗っていなかったことを思い出し、涙を拭《ぬぐ》った。

「リディア・クレマンと申します。ベナール様」

☆★☆

ベナールがセルジュの居所を突き止めたのは、それから約半月後のことだった。その間、夫人の葬儀が行われ、空っぽの棺《ひつぎ》が墓地に埋葬された。カムイ号の犠牲者は乗客の約三分の一。その多くは男性だったという。客船の火災沈没事故は、連日新聞に大きく掲載され、リディアの心を痛ませた。葬儀に参列できる状態ではなかったリディアはベッドの中から夫人の冥福を祈った。ベナールに夫人の最期を語ったのは、その夜のことだ。

「苦しまずに逝けただろうか」

ベナールの問いかけにリディアは答えに窮《きゅう》した。一瞬で神の御許《みもと》に召された者ならまだしも、あの状況で苦痛に苛まれていないはずがなかった。

リディアは是《ぜ》とも否とも答えられない。その代わりに感じたままの思いを彼に伝えた。

「奥様は素晴らしい方でした。身を挺《てい》してアリスを庇い、最期まで彼女のことを案じていました。どうかベナール様に託してほしいと言うばかりで、一度も痛みを口にすることはありませんでした」

「そうか、……彼女らしいよ」

そう言って、ベナールは膝に肘《ひじ》をつき、むせび泣いた。

リディアが介助なしで歩けるようになったのは、事故から二か月後のことだった。早くセルジュに会いに行きたいという思いが、辛い治療を支えてくれた。

セルジュはあの事故で辛うじて命を取り留め、とある貴族が乗った救命ボートに助けられていた。現在は、彼らの許に身を寄せ療養しているのだという。

リディアはまだ心許ない足取りではあったが、ベナールに連れられセルジュが滞在しているという屋敷へ向かった。

出迎えてくれたブノア伯爵は、上部よりも側面の方が豊かな白髪を撫でつけた上品な紳士だった。

「ご無沙汰しております、ブノア伯爵。その後、お変わりはありませんか？」

「お気遣いありがとう、ベナール伯爵。君も大変だったね、彼女は私にとっても大切な友人だった。残念だよ。……そちらのレディがそうかね？」

「はい。彼女はリディア・クレマン。こちらにいる青年の恋人で、あの事故の被害者でもあり、私の娘を救ってくれた恩人でもあります」

「なんと……」

紹介を受けたリディアが丁寧《ていねい》に腰を折ると、ブノア伯爵がじっとリディアを見た。

「リディア・クレマンと申します」

「いや、堅苦しい挨拶《あいさつ》はいい。そうか、君もあの船に……。それで、青年と言うのはうちで預かっているあの男で間違いないのかね」

確信はなかった。ベナールにはセルジュの容貌を口頭で伝えただけだ。

「お会いしてみないことには、今は何とも申し上げられません」

「そうだな。だが、彼は少し込み入った事情を抱えてしまっているのだ。果たして君に会わせてよいものかどうか」

「と、おっしゃいますと」

リディアの疑問をベナールが代弁した。

「記憶がないのだ。あの事故以前の記憶が綺麗に無くなっておる。私達が助けた時は、自分の名前すら言えぬ状態だった」

沈痛な表情で語る今のセルジュの状況に、リディアは絶句した。真っ青になるリディアの横でベナールがその先を促す。

「それで、彼の状態は？　今もまだ記憶が戻っていないままなのですか」

「あぁ、日常生活を送るには問題はないが、自分のことになると何も思い出せんらしい。よくふらりと外へ出歩いては戻れなくなっておる。今は娘のシャルロットが彼の相手をしているが、それでも彼と会うかね？」

「――会います。会わせてください」

力強く告げると、ブレア伯爵はそれ以上何も言わなかった。

その後、ブノア家の執事《しつじ》にセルジュのいる部屋まで案内された。ベナールが付き添いを申し出てくれたが、まずはひとりで会いたいからと彼の好意を丁重に断った。

「こちらでございます」

案内された扉を執事が叩く。「はい」軽やかな声の後、扉の奥から姿を見せたのは美しくもあどけなさを残した少女だった。

年はリディアより少し若く、白い肌に薄桃色の頬、そしてリディアと同じ薄紫色の大きな目が美しい。白銀の艶《つや》やかな髪のシャルロットは執事の後ろに立つリディアを見た。

「アベル様にお客様です」

「アベルの?」

途端、シャルロットが胡乱《うろん》な眼差しになる。

「はじめまして、シャルロット様。私はリディア・クレマンと申します。こちらにお世話になっている方にお会いしたいのです」

「アベルとどういうご関係ですの?」

アベル。それがここで呼ばれているセルジュの名なのだろう。知らない名前は、彼をひどく遠くに感じさせる。けれど、怖じ気づいては駄目。探るような視線にキュッと拳を握りしめた。

「彼は……私が探している恋人かもしれないのです」

告げた直後、空気が一変した気がした。あどけなかった眼差しに敵意が灯る。

「――今頃、何をしにいらしたの。あの事故からどれだけ時間が過ぎたと思っていらっしゃって? その間、彼がどれだけ苦しんでいたのか、あなたご存知?」

「お嬢様。リディア様もあの船に乗っていらしたのです」

「それが何だと言うの!? だとしたら、なおのことだわっ。私なら死んでも愛する人の傍から離れたりしない! ましてや二か月も放っておくなんて信じられませんっ!!」

「それは……」

「それは、何かしら! 夜ごとあの事故の夢でうなされる彼を支えてきたのは私よ。怯えて震える彼を慰めてきたのも私。今頃やってきたあなたが何をしようというの。それでなくとも、彼は記憶がないの。恋人かどうかも怪しいわ、会わせるなんて冗談じゃない！」

辛辣《しんらつ》な罵声《ばせい》と、矢のような糾弾《きゅうだん》。挙げ句の果てに恋人であることも疑われてリディアは真っ青になった。

「そんな……っ、お願いです！　セルジュに会わせてくださいっ」

「そのような名の方は知りません」

ぴしゃりと言い放たれ、懇願も足蹴《あしげ》にされる。取り付く島もないシャルロットから感じるのは、リディアに対する猛烈な憤怒《ふんぬ》だった。

だから気づいてしまった。

あぁ、彼女もまたセルジュに心奪われたひとりなのだ。

だからといって、ここで諦めることなどできない。リディアとて彼との未来を夢見てすべてを捨ててきた身だ。

「失礼します」

リディアは意を決してシャルロットの体を押しやると、強引に扉に手をかけた。

「お、おやめなさいっ!!」

「お願いですっ、ひと目会わせてください！　彼がセルジュかどうかだけでも確認させて！」

「嫌よ！　彼はもうあなたのことなど忘れてるわっ!!」

「それも会って確かめます！」

オロオロする執事の制止の声も聞かず、リディア達は扉の前でもみ合いドアノブを取り合った。

「放して！」

「そちらこそ、放しなさいっ」

が、次の瞬間。

「……何をしているの？」

美声が喧騒《けんそう》を止めた。扉を引いて姿を見せたのは、息が止まるほど壮麗な美貌を持った男。透き通るようなターコイズブルーにかかる睫毛《まつげ》が切れ長の双眸《そうぼう》に影を落とし、それが不安げに揺れると肩につくほどの金色の髪もさらりと揺れた。シャープさが際立つ輪郭《りんかく》と通った鼻梁《びりょう》、形のいい唇。どこか中性的な雰囲気を醸しながらもゾクリとする男性的な色香。

間違いない、間違えるはずがない。

彼ほどの美貌を持つ者がそうそういるものか。彼はセルジュ・カーター。リディアの愛しい人だ。

「あぁ、セルジュ……ッ」

リディアはようやく会えた恋人への想いを堪え切れず、彼の胸へ飛び込んだ。

「――え」

驚き、抱き止めた彼の腕は一瞬強張《こわば》るも、ギュッとリディアを抱き寄せる仕草をとった。

包まれた懐かしい温もりに胸がいっぱいになった直後。

「アベルッ!!」

シャルロットの悲鳴に彼はびくりと体を震わせ、今度はものすごい勢いで引き剝がされた。

「セル…」

「君は、誰」

そうして向けられたのは、あからさまな警戒心。抱きしめてくれたと思った矢先の拒絶に、リディアは面食らった。彼の他人を見る目にたじろぎ、「なぜ…」と零す。動揺しながらセルジュを見つめ、思い出した。

そう、彼が記憶を失くしているという事実を。

(でも、今確かに私を)

「セルジュ……、私が分からない…の?」

「君は僕を知っているのか?」

震えた声音の問いかけに対し、訝しそうに細められた双眸はあまりにも冷たい。

ふたりの間に沈黙が落ちた。

愕然とセルジュを見つめるリディアと、疑心の目を向けるセルジュ。そこに愛情という甘い雰囲気は微塵もない。

「アベル、ひとりで部屋を出てはいけないわ」

沈黙を破ったのは、シャルロットだった。リディア達の間に割って入る様に体を滑り込ませ、セルジュの腕に手を添える。甘ったるい声音に誘われるようにリディアを振り払った手は、シャルロットの肩を抱いた。

「外に出たきり戻ってこないから、どうしたのかと思って。——今はひとりになりたくないんだ」

「大丈夫よ、私はいつでもあなたの傍にいるわ」

セルジュの言葉にシャルロットは充足めいた吐息を零して、彼の胸に寄りかかった。彼もまたそんなシャルロットを抱き止める。

「やめて……、彼に触れないで」

信じられない光景を、リディアは声を震わせ拒絶した。シャルロットを彼から引き剝がそうと肩を摑んだ直後、彼の手に振り払われた。よろめいたリディアは、通路にあった猫脚の花瓶台にぶつかる。呻く間もなく、ぐらついた花瓶から花達と一緒に水が降りかかる。けたたましい破裂音がして、花瓶が床の上で粉々になった。

濡れ鼠《ねずみ》になったリディアは、尻餅をついた格好で呆然とするしかなかった。

人生を誓った恋人が目の前で違う女性を求め、リディアを拒絶した。それは心の底が抜け落ちてしまいそうなほど、残酷な現実だった。

「大丈夫ですか！」

執事の気遣わしげな声もどこか遠いところから聞こえた。目の当たりにした光景が鮮烈すぎて、何も考えられない。

「……シャルロット、彼女は誰」

愕然とするリディアを相変わらず怪訝な眼差しで見るセルジュの、なんてつれないことだろう。記憶がない言葉は、これほどまでに鋭い刃となるのか。

「……さぁ、どちら様でしたかしら？」

ギュッとセルジュに抱きつく腕を強めて、シャルロットが白《しら》を切る。

「リディア、どうした……。どうしたんだっ!?」

その時、廊下の角からベナールが現れた。しかしリディアは突きつけられた現実からの衝撃に耐え切れず、惨状に目を剝いたベナールの声すら遠くなり、目の前が真っ暗になるのを感じながら意識を失った。

第一章

四度の春と夏が過ぎ、五度目の冬が来た。

あれから五年。リディアは首都グリーンバイツから遠く離れたトゥインダという街の洋装店で働いていた。

ベナールの口利きで紹介された店でリディアは一から裁縫《さいほう》を学び直し、今では年老いた店長の代わりに店を切り盛りすることも多くなった。

(何が役に立つか分からないものね)

子爵令嬢として過ごした時間の中で培《つちか》った美意識を織り込み作り出すリディアのドレスは貴婦人達に好評で、店の売り上げを差し引いても食べていくには十分の収入を得ている。

令嬢時代から得意だった裁縫の腕が人生を助けてくれるとは夢にも思わなかった。

けれど、リディアの手の中に残ったものはおそらくそれだけ。

もう今の自分にあの頃の面影は微塵《みじん》もない。リディアは窓硝子《がらす》に映る自分の姿を見遣った。珍しいと言われた薄紫色の瞳、長かったアッシュブラウンの髪も今は肩上で切り揃《そろ》えている。シンプルなワンピースドレスにストールを羽織った姿は、二十歳のいでたちにしてはやや華やかさにかけていた。が、それでいいとリディアは思っている。

今朝、花屋で買ってきた花を花瓶に活《い》け、店の入り口に飾る。純白のリリーはリディアが一番好きな花だ。艶やかでありながらも醸す楚々《そそ》とした気品が美しいと思う。

『リディはリリーの花のようだよ』

(本当に？　今でも信じられないわ)

記憶の中でしか聞けなくなった声にそっと問いかけ、自嘲《じちょう》する。

自分はこんなふうに美しくもなければ、清らかでもない。愛を囁いてくれた人はもういないのに、思い出す面影に毎回胸を痛めてしまうほど今もまだ彼に想いを残している。なんて惨めで未練がましいのだろう。

あと何度この想いに傷つけば、あの人への愛は思い出の中へ消えるの？

セルジュとは、あれきり一度も会っていない。

平民として生きることに戸惑うことは多々あったが、慣れてしまえばなんてことはなかった。

ベナールは屋敷に留まることを望んだが、リディアはその申し出を受け入れることはなかった。とあることをきっかけに屋敷を出て以来、ベナールとも疎遠になっている。

命を救ってくれた人に恩を仇で返している態度は心苦しかったけれど、他に選べる道などリディアは知らない。心に住む人はいつだってひとりだけだ。

「リーディア！　今日も綺麗だね」

だから、こういう異性にはほとほと迷惑している。

「ロギー、また来たの？」

ドアベルが聞こえないほど勢いよく店に入ってきたのは、街一番のホテルを経営する社長の息子ロギー。悪い人ではないのだが、相手の気持ちを顧《かえり》みない押しの強さと胡散臭い求愛には正直辟易《へきえき》していた。

「リディアが俺と結婚すると言うまでは何度だって来るさ」

「来られても返事は変わらないし、迷惑だと言ったはずよ」

「そのつれなさがたまらないなぁ」

「変人ね」

これほどはっきり言っているのに、どうして彼には伝わらないのだろう。そろそろ諦めてほしいのに。

胸を張って愛を語る姿に呆れると、ロギーが背中に隠していた花束をリディアに差し出した。

「ジャーン！　これを君にあげよう。リディアの目と同じ色の花だ。好きだろう!?」

そして、なんて傲慢なのだろう。

紫色のダリアで作られた花束。もったいぶったつもりでも、背中に隠していた時点で窓硝子に映ってバレバレだったことになぜ気がつかないのか。

花は好きだが押しつけがましい好意は苦手だ。それでも花束に罪はないので、渋々それを受け取った。

「ありがとう」

「それじゃ、これから食事にいこうか！　いい店があるんだ」

当然のように肩を抱こうとする手からするりと逃れ、リディアはニコリと愛想笑いを浮かべた。

「ごめんなさい、まだお店があるの」

「今日は店じまいにすればいい、俺が許す！」

「あなたの許可は関係ないわ。それに、今からご予約のお客様がお見えになるの。申し訳ないけれど食事は次の機会になりそうだわ」

もちろん、今日はもう予定は入っていないが、ロギーを撃退する為なら嘘くらいつく。

花束を脇に置き、入り口を占領するロギーの横から扉を開けた。途端、ロギーが口をへの字に曲げる。

「リディアはいつもそればかりじゃないか。いつになったら〝次の機会〟が来るんだっ!?」

「さぁ、いつかしら？　でもお仕事は大切なことでしょう。あなたもこんなところで油を売っていないで、お父様のお手伝いをなさったら」

「父さんからは日々、色々学んでいる。が、差し当たって俺の優先事項は君を口説き落とすことだ」

「まぁ、ごくろうさま」

適当な相槌を打ちながら、それとなくロギーを店の外へ出した。通りの喧騒が冷たい空気と共に中へ入り込んでくる。店の前を貴族の馬車が通り過ぎて行った。

「どうして俺じゃ駄目なんだ。リディアはこの街の誰よりも美しく誰よりも俺の妻に相応しい！　それとも、君はひとりで寂しく年老いていくとでも言うのか」

「それもいいわね。さぁ、あなたもおじいちゃんになる前に素敵で可愛らしい奥様を見つけてくださいな」

クスクス笑って、「それじゃ」と手を振る。つまり、帰れということだ。

何度足繁く通われてひとりよがりな愛を囁かれても、リディアの心は一ミリも動きはしない。心がセルジュで埋め尽くされている間は、誰も愛せないのだ。

「リディア！」

いつまで経っても相手にされないことに業を煮やしたロギーが、唐突にリディアを引き寄せた。

「――君はもう頷けばいいんだ」

ほんの少し、気持ちをよそにやっていた隙を突かれたリディアは、唇が触れた感触に反応が遅れる。ハッとし、思いきりロギーの横っ面《つら》を叩いた。

「断りもなしに唇を奪えとお父様は教えてくださったの？」

「リディア……」

「帰って頭を冷やしてください」

冷たく言い放てば、ロギーは項垂《うなだ》れた。

年上のはずなのに幼さが抜けないロギーはいつまでたっても子供のようだ。欲しいものを欲しいと言える素直さは羨ましいが、それだけでは心は手に入らない。

相手の心に自分の居場所がないのなら、どれだけ求めたところで手に入りはしないの。

いつにない強引さを訝りながらも、ロギーを諌《いさ》めた。

大きな背中を小さくしながら帰っていく後ろ姿を見送り、「それでも」とあるはずのない空想に想いを馳せる。

もし、あの時。海路ではなく陸路を選んでいたら、リディア達には違う未来があったのだろうか。

……だが、それもすべて過ぎ去ったこと。どれだけ悔やんでも時は戻らないし、過去は変わらない。一度きりの人生だから心のままに在りたい、そう願っていたのに現状は理想と程遠い場所にあった。

硝子越しに映る自分のなんと寂しげなことだろう。

(駄目ね、幸薄そうで)

ふわりと冷たい風が肩上の髪を揺らす。曇天は低く、もうすぐ雪が降りそうだった。リディアはストールを羽織り直し、店の中へ戻って行った。

その様子を見ていたひとりの男の存在に気づくことなく――。

☆★☆

十一月も中頃を過ぎると、街はクリスマス一色になる。リディアの店もドレスの注文をする貴婦人達がひっきりなしに訪れていて、この時期独特の繁忙さが漂っていた。

そんな中、珍しい客がいた。

誰の紹介でもなく突然店にやってきた老紳士は、孫へのプレゼントとしてドレスを作ってほしいと言った。今から注文を受けてクリスマスに引き渡すには期間が足りない。それでなくても予約のドレスを仕立てるだけで手いっぱいだった。が、孫娘のことを嬉しそうに語る老紳士の姿に、会うことのない父の姿が重なった。

もし、リディアが父の勧めた結婚に頷いていれば、父はこうして孫娘の為にプレゼントを用意したのかもしれない。

注文を受けたのは、そんな思いがあったからだ。

それから約一か月。再び店を訪れた老紳士は仕立てたドレスを見るなりとても喜び、代金とは別に一枚の切符をくれた。

『マティ・エクスプレス』。今、巷《ちまた》を賑わせている豪華列車の乗車切符だ。

トゥインダからグリーンバイツまでの四泊五日の列車旅行。所用で行けなくなった自分の代わりに旅を楽しんできてほしいと半ば強引に手渡された。

しかし、指定された期間はまだ店を開けている時期だったので、リディアは旅好きのオーナー夫人に切符を譲ったのだが、「店なら私が出るわ。折角《せっかく》の機会なのだから、少し早いクリスマス休暇だと思って行ってらっしゃいな」と、逆に勧められてしまった。

そこまで言われれば嫌とも言えず、結局リディアは思わぬ旅行へ出かけることになった。

☆★☆

（すごい人）

出発当日の駅は想像以上の人で大混雑していた。

豪華列車の初運行日ということもあり、列車の乗客以外にもひと目列車を見ようと足を運んだ者達で溢れかえっている。

（この格好でおかしくないわよね）

豪華列車となればそれなりに見栄えをよくしておきたいと思うのは、女の見栄というもの。この日の為に急いで新調した服の裾を払い、荷物を詰めた革のトランクケースの取手をギュッと握りしめた。最終日には仮面舞踏会が開催されるということもあり、その為の衣装も詰め込んだせいで荷物が少々かさばってしまったが、列車に乗ってしまえば荷物の多さなど気にならなくなる。

初めは乗り気ではなかった旅行だが、準備を進めていくうちに少しずつ楽しくなってきた。

こんなにウキウキした気分はいつ以来だろう。とりわけ、仮装パーティの衣装を作っている時は夢中だった。

連れ合いはいないが、一人旅も悪くはない。人生にそろそろ旅という項目を復活させてもいいのではないか。そう思える列車の旅にしたい。

目的の列車はすでに駅に待機しているとの案内が出ている。リディアが切符を持って改札を抜けようとしたところで、近くにいた駅員と老婆との会話が聞こえてきた。

「だから、お婆ちゃん。もうこの列車の切符は売り切れたんですよ！」

「私は三日もかけて切符を買いにきたんですよっ、一枚くらい何とかなりませんか」

「一枚くらいって……、あのね」

どうやら豪華列車の切符を買いそびれたらしい。

老婆は頑として列車に乗ることを譲らず、駅員はほとほと弱り顔で何度も同じ説明を繰り返している。

「ですから、グリーンバイツ行きの列車なら、他に何本も出ていますからそちらに乗ってください」

「駄目じゃ、駄目じゃ！　どうしてもこの列車じゃなきゃ駄目なんじゃよっ」

握りしめた紙幣がくしゃくしゃになっている。なぜそこまでマティ・エクスプレスにこだわるのかは分からなかったが、老婆はしきりに「向こうで娘が待っている」と繰り返していた。

横から入ってきた別の客の質問にこれ幸いと老婆に背を向けた駅員は、それきり老婆の相手をしようとしなかった。どうするのだろうとしばらく成り行きを見守っていたが、老婆は諦めて別の列車の切符を買う様子もなく、肩を落としながらとぼとぼと構内の隅に寄り蹲《うずくま》ってしまった。

リディアは持っている切符と老婆を何度も見比べ、「……そうよね」とひとつ息をついた。

「よろしければこの切符を使ってください」

すっかり消沈してしまった老婆は、リディアの声掛けにも初めは気づかないようだった。虚ろな顔でぼんやりと前方の空を見つめ、ぶつぶつと独り言を呟いている。もう一度、同じ言葉をかけると、ようやくリディアの方を向いた。リディアはニコリと笑い、持っていた切符を皺《しわ》だらけの老婆の手に持たせた。

「これならマティ・エクスプレスに乗れますわ」

すると、老婆の目に徐々に生気が戻った。驚愕に目を見開きながら、震える手に握らされた切符を凝視する。

「いいのかい……？」

「もちろんです。お嬢さんもきっと待っていらっしゃいますよ」

「なんてことだい、こんなことってあるのか……？　それに、あんたのその……」

言い淀み、唇をわななかせながら「その目の色……。あんた、名前は？」と問いかけてきた。

「リディアと言います」

「リディア……、そうだよ。そうだよね」

驚愕が納得へと変わると、老婆は切符に視線を落とした。その後顔を上げ、にたりと笑ったのだ。

「ありがとうねぇ」

よほど娘に会えることが嬉しかったのだろう。

小さな体をさらに小さくしながら礼を言われてしまい、リディアの方が慌ててしまうほど大仰な感謝に何度も「気にしないで」と言った。

恐縮する老婆を促し、改札口まで付き添った。駅員は胡乱な顔をしたが老婆が持っていた切符を見るや否や、「行ってらっしゃいませ」と恭しく頭を下げた。

改札を抜けてからも老婆は何度もリディアを振り返り、ぺこぺこと頭を下げながらホームへ消えて行った。

その嬉しそうな顔に手を振り、ほっと胸をなで下ろす。

折角もらった切符だけれど、こういう使い方ならあの人も許してくれるだろう。

詳しくは聞かなかったが、老婆にはこの列車でなければいけない理由があったのだ。それならば彼女に使ってもらった方が有意義に決まっている。

「けれど、どうしよう。旅行に行かないのだから、やっぱりお店に出た方がいいわよね」

用意したドレスは無駄になってしまったが、作っていた時間が楽しかったからそれでいいと思うことにしよう。

残念なはずなのに、なぜか心は晴れ晴れとしている。揚々《ようよう》とした気持ちでくるりと出口へ足を向けたところで、

「ご、ごめんなさいっ」

早速、人とぶつかってしまった。

自分の不注意を詫びながら相手を見上げ、――直後、呼吸が止まった。

「……セル……」

一日とて忘れたことのない愛しい人を見間違うなどあるはずがない。五年の年月で研磨《けんま》された美貌に息を呑んだ。

肩まであったブロンドの髪が短くなった分、より顔立ちの良さが際立っている。透き通るターコイズブルーの瞳も、睫毛の影が魅せる憂いも、すべてが美しく蠱惑《こわく》的な人。

仕立ての良いスーツに身を包んだ彼は、混雑する駅の中でもひときわ異彩を放っている。その存在感に誰しもが振り返り、彼に目を奪われていた。

いったい誰が彼のいでたちを見て、庭師だと思うだろう。どこからどう見ても貴族か実

業家の言葉が似合いの姿だった。

　突然の再会に唖然としていると、見開かれていた目がツ…と細くなった。

「お怪我はありませんか」

　懐かしい美声に胸が震えるも、その口調は他人行儀で、とても恋人に語るものではない。

（そう……よね。思い出してくれているのなら、何かしらの便りがあるはずだもの。会いに来てもくれなかったのだから、私のことはまだ思い出していないのよ）

「大丈夫です。……申し訳ありませんでした」

　辛い現実が胸を突き刺した。

　足早に彼の脇を通り過ぎようとすると、リディアを止める手があった。驚き振り返れば、セルジュがリディアの腕を摑んでいる。

「あ……の？」

「先ほど、ご夫人に切符を渡されていましたね。あれはマティ・エクスプレスの切符だったのではありませんか」

「えぇ、そう……ですわ」

　見られていたことにたじろぎながらも頷けば、彼はふと表情を緩めた。

「やはり、そうでしたか。ぜひ私に新しい切符を手配させてください」

　予想もしなかった申し出に、面食らう。

　どうして彼がそんなことを言い出すのかも分からなければ、それをできるとも思わなかった。あれは今やプレミアがつくほど高価な切符だ。しかも、切符はすでに完売の表記が出ている。それをどうやって手配するというのだろう。

「いかがですか？」

「……ありがたいお話ですけれど、お断りさせていただきますわ。あの切符はもともと偶然手に入れたものです。私のような旅行で使われるよりも、あの方の為に使われた方がいいと思ったから差し上げただけのこと。お気遣いだけ頂戴いたします」

心を繋げた時間があるからこそ、他人行儀なセルジュの言葉が切なかった。

しかしやんわりと振り払おうとした次の瞬間、腕を一層強く握られて、セルジュはリディアを連れて改札に向かって歩き出していた。持っていたトランクケースを取られ、彼の侍従らしき男がそれを受け取った。構内には豪華列車の発車時刻を知らせる駅員の声が響く。

「えっ!?　待って！」

セルジュはコートのポケットから切符を二枚出し、難なく改札を抜けた。向かった先は、リディアが乗車しようとしていた列車マティ・エクスプレス。彼はそこの上流階級専用の車両へ足を踏み入れた。

「だ、駄目！　ここは私達が入れる場所ではないわっ」

思わず彼の手を引き叫ぶと、セルジュがチラリとリディアを振り返った。

「いいえ、私達が乗るべき車両です」

そう言って、改札で出した切符をリディアの前にかざす。そこには確かにこの車両の番号が記されていた。

驚くリディアを横目にセルジュは切符に記されている客室へと入る。そこは車両でも数室しかないと言われている特別室であることは明らかだった。

内装を飾る調度品、座り心地の良さそうな長椅子、仕切り奥にあるゆったりとしたベッド、なにより絶好の見晴らしを楽しめるよう設えた大きな車窓。

唖然と部屋に立ち竦んでいると、

「――ッ！」

後ろから抱きしめられた。

「私を覚えていますか」

囁かれた低音にドクン…と鼓動が跳ねた。包まれた温もりに大きく目を見張る。起こった出来事があまりにも唐突すぎて、すぐには理解できなかった。なぜセルジュに抱きしめられているのか、どうしてそう問いかけたのか。

何度も夢に見た願望があった。記憶を取り戻した彼が自分を迎えに来てくれる幸福な夢だ。待ち望みすぎたから、ついに白昼夢となって現れたのだろうか。けれど、

(夢……ではないの？)

肩を抱く腕に震える手で触れる。今、彼が自分を抱きしめる理由がひとつきりしか思い浮かばないリディアは、上質なスーツ越しに感じる温もりに「あぁ…」と感嘆の吐息を零

した。

　――思い出してくれていたのだ。

　瞼と閉じ、ギュッと彼の腕を握りしめながら、この奇跡を用意してくれた神に感謝した。

「忘れるわけないわ」

　失《な》くした心の半分を見つけたような、安堵。

　リディアは体を捻り、セルジュの首に縋《すが》りついた。

「会いたかった……っ！」

　強く抱きつくと、同じ強さで抱きしめ返してくれる。ムスクの香りを胸いっぱいに吸い込み、リディアは幸福に涙した。

「セルジュ、セルジュ……ッ。会いたかった、ずっと会いたかった」

　囁き、顔を上げる。秀麗な美貌に手を這《は》わせ、戻ってきた愛しい人をそっと撫でた。

「愛してる」

　囁き、形のいい唇に自ら口づける。セルジュは一瞬、びくりと肩を揺らしたが、すぐにリディアの想いに応えてくれた。

　触れるだけの口づけの後、今度はセルジュから口づけられる。唇を割って挿し込まれた肉厚の舌をリディアは涙を流して受け入れた。

「ん……」

　舌先で歯列をなぞられ、むず痒《がゆ》い刺激がぞくぞくとした快感を呼び覚ます。触れ合った舌に自分の舌を絡ませ、夢中で彼を味わった。

離れていく寂しさに彼の唇を追えば、「話を……」と囁かれる。

「嫌、今はあなたを感じたいの」

話をする余裕なんてない。

自分のどこにこれほどの積極性があったのかと思うほど、全身全霊でセルジュを求めていた。

なだれるように大きなベッドに倒れ込み、性急な仕草で彼の服に手をかける。

今は言葉よりも、彼の温もりが欲しい。五年分の寂しさを埋めてほしかった。

組み敷かれ口づけを続けながら彼のシャツのボタンを外した。が、その手を止められ急に不安になる。間近にあるターコイズブルーの瞳に理由を問えば、答えは態度で示してくれた。

止んだ口づけを再開すると同時に、彼の手がリディアの衣服にかかった。首元のリボンを解きボタンを外す。たくし上げたワンピースを頭から抜き取られた。下着も剝ぎ取られ、先に一糸纏《まと》わぬ姿にされると、下衣を寛《くつろ》げ取り出した彼の滾《たぎ》った欲望を秘部へと宛てがわれる。

「ん……っ」

ちり、っと走った細い電流に全身の細胞が覚醒《かくせい》する。忘れていた肉欲が首をもたげた瞬間だった。

「あっ、あぁ……っ！」

めり込んでくる屹立に肉が巻き込まれ、引き攣《つ》る。解されもしていない部分へのいきなりの挿入は痛く、五年ぶりの行為に体は悲鳴を上げた。

「あっ、あ……っ」

「……くっ」

狭い道筋を強引に割り込んでくる楔《くさび》に息ができない。入ってきた傍から彼を締めつけてしまう。

「セルジュ……、セルジュ」

それでも彼がくれる痛みだから嬉しかった。

腕を伸ばし柔らかな金髪に指を埋め、「もっと」と彼をねだる。

セルジュが戻ってきた。

歓喜でいっぱいになった心と体は、それ以外のことなど映さない。

中途半端に外したままのシャツのボタンに再び手をかけると、押し留められ指先を食まれた。薄目でリディアを見る眼差しの、なんて婀娜《あだ》めいていることだろう。赤い舌が指を這う光景に、ずくり…と子宮が疼《うず》いた。

「セルジュ……」

「力を……抜きなさい」

浅い呼吸に見かねて、セルジュが乳房に手を這わせた。少しでも快感で痛苦を紛れさせようとしてくれるのだ。

「素敵だ」

五年の間に、彼の手のひらに余るほど育ってしまった乳房を見て、告げられた賛辞。コンプレックスでもある乳房の大きさを口にされ、カッと頬が赤くなった。

セルジュは感触を楽しむように、手のひらに包んだそれを揉《も》んだりなぞったりしている。親指で先端をなぞり、擦る。時折引っ掻くように弾かれれば、細い痛みが腰骨に響いた。

「硬くなってますね」

ツンと尖った頂を親指と人差し指で摘まみ、指の腹でこすり合わされると、先ほどより強い感覚が襲ってきた。それはダイレクトに下腹部に響き、疼きを増幅させる。

が、それも所詮《しょせん》は気休め。根元まで押し込まれた屹立が、一気に蜜口まで引き抜かれ、その勢いのまま再び最奥を突いた。強烈な刺激に「ひぁ…っ」と息を呑む。

セルジュは初めから、激しくリディアを攻め立てた。

前後に動くだけでなく、中をかき回すような腰遣いに翻弄《ほんろう》される。縋るものを探して夢中でシーツを握りしめた。まだ彼の大きさに馴染んでいない場所を擦られて痛いはずなのに、じわじわと湧き出してくる快感がたまらなく気持ちいい。

あられもない声を少しでも抑えたくて唇を噛みしめると、強烈な突き上げに阻まれた。

「声を聞かせなさい」

それは一度だけでなく、リディアが従うまで何度でも襲ってくる。

こんな強引な彼は知らない。

けれど、それすらもリディアを求めてくれているように思えて全身が悦びにわななく。

「あっ、あぁっ!!」

たまらず嬌声を上げると、今度は膝を胸につくほど折り曲げられ、さらに深く彼の欲望を咥《くわ》えさせられた。

「んん——っ、それ……やぁっ!」

圧倒的な質量が容赦なくリディアの体の中をかき回してくる。内臓がせり上がる感覚が苦しい。彼の形が分かるほどごりごりと中を攻め立てられ、掻き出される蜜が淡い茂みを濡らした。

内股が快感に震え出せば、体中で燻《くすぶ》っていた肉欲が一点を目指して走り出す。セルジュの欲望も膨らみ、その時が近いことを伝えてきた。

「あ、あ……っ!」

肩を縮め、眼前に瞬き出した閃光《せんこう》にぎゅっと目を瞑った刹那《せつな》、

「んぁ、あっ!!」

絶頂が全身を駆け巡り、彼の放った精がリディアの中を濡らした。

弛緩《しかん》した体がベッドの上へ落ちる。はぁはぁと荒い息を繰り返し、涙で霞む視界で自分を抱いた男を見た。

壮絶な色香を孕《はら》んだ彼は、金色の獣だ。

見下ろされる眼差しの強さ。その中には確かに情欲の焔があるのに、どうしてか寒々しさを覚えた。

なぜ彼がそんな目で自分を見ているのか分からないまま、激情に流されたリディアは自分の中にある愛欲がまだ満たされていないことを感じていた。

腕を伸ばせば、口端に愉悦《ゆえつ》を浮かべた彼が落ちてくる。繋がったまま体勢を入れ替え、彼の上に跨《また》ると、体をずらした。ずるり…と屹立が中から滑り出る。吐精してもなお雄々しいそれは手で包むと、すぐに硬度を取り戻した。

(嬉しい……)

滾る欲望がリディアを欲している証のようで、どうしようもなく愛してあげたい衝動に駆られる。

リディアはほうっと息を吐き、ゆるり、ゆるりと手を動かした。自分の愛液と彼の体液で濡れたものを慈しむ行為を破廉恥だと思いながらも、確かな興奮を覚えている。

「いけません」

「いいから……、させて」

四つん這いの体勢になって扱いたものに、今度は顔を寄せた。先端から溢れる透明な体液すら愛おしくて、そっと舌を這わせて舐《な》めた。

「……っ」

彼が息を詰めた気配に、興奮が増した。手で愛撫していたように、舌でも同じ行為を繰り返す。先端、くびれ、側面を丁寧に舐め上げ、また先端へ戻る。大きく口を開けて先の方を含むと、手のひらの中でびくんと欲望が息づくのを感じた。

滲み出た体液を舐めとり、唇で彼を愛撫する。収まりきらない部分は手を使った。

「ん……、ん……っ」

口をすぼめると、亀頭のくびれが口腔を擦る。その刺激がたまらなく気持ちよくて、もっと強く屹立を吸い上げ、扱いた。口いっぱいに欲望を頬張る息苦しさに生理的な涙が溢れるも、陶酔状態に陥《おちい》っているリディアにはそれすら快感だった。口淫にセルジュの息も上がっている。

五年前はしたことのなかった行為。どこをどうすれば彼が気持ちいいと感じてくれるのかも分からない。けれど、拙《つたな》い愛撫にも感じてくれていることに胸がいっぱいになる。大きすぎる欲望に顎がだるくなるも、止めたいとは思わなかった。

もっと彼を気持ちよくしてあげたい。もっと、もっと……。

セルジュの僅かに赤らんだ表情がリディアを煽る。触れられてもいないのに、秘部から蜜が滴《したた》るのを感じた。

奉仕する悦びの中、夢中で彼の欲望を愛していると、

「あ……っ」

ずるり、と突然欲望が引き抜かれた。

引いた透明な糸に、セルジュがくっと眉を寄せる。何か気に障ったのかと困惑の眼差し

を向ければ、彼の瞳は欲情に濡れていた。

「いけない人だ」

呟き、再びリディアをベッドに組み敷く。指で秘部を嬲《なぶ》られ、びくんと体が跳ねた。

「こんなにもびしょびしょに濡らすほど、私のを咥えて感じたのですか」

「あぁっ！」

蜜口へ潜った指が、中をぐるりとかき回した。途端、秘部が指を締めつける。かかった圧にほくそ笑み、セルジュが指を動かすと、掻き出され飛び散った蜜で瞬く間に彼の手が濡れた。

「あ……あぁっ」

増やされた指の質量分だけ、快感も大きくなる。もっとと腰を揺らめかせて催促すれば、茂みを分け入ってきた舌に花芯を舐められた。

「は……ぁ、あ…、あぁっ」

生温かい感覚に、腰が引ける。が、片腕で腰を抱えられているせいで、思うように快感が逃がせない。

強く吸われ、歯を立てられる。蜜を啜《すす》る音に羞恥《しゅうち》を覚えながらも、肉欲が煽り立てられる。

下肢を突っ張り、与えられるがまま快感に身悶え、のたうつ。苦しいのに、その苦痛すら歓喜に変わっていた。

(愛してる……、愛してる)

彼がくれる快感だから、嬉しい。

快楽にうち震え、リディアはあられもない声を上げて喘いだ。

「あ……、あっ、あぁ……、は……ぁ、んん」

内側と外側から与えられる愛撫に思考がそれにしか向かなくなる。快感に促されるまま、目を閉じ腰を持ち上げ、セルジュの唇に自ら腰を押しつけた。

ちりちりと燻る疼きが徐々に加速してくる。下肢の先からせり上がってくる快感に再び絶頂の予感を覚えた。

「や……、セルジュ、また、くる……。あっ、あ……っ、やぁっ!!」

止める間もなく、一気に駆け上がってきた強烈な快感に体が激しく波打った。セルジュの指を締めつけ、背中が弓なりにしなる。一瞬の硬直の後、シーツに落ちた体からはありとあらゆる力が抜け落ちていた。

顔を上げたセルジュは引き抜いた指を見せつけるように舐《ねぶ》る。二本の指の間に糸引く蜜を舐める様は、美しい獣みたいだと思った。

二度の絶頂で朦朧としたままセルジュを見つめていると、おもむろに脚を広げられた。弛緩した体は難なくセルジュの配下に下る。片足を彼の肩に担がれ、体を横向きにさせられる。そうして蜜口に宛てがわれた灼熱《しゃくねつ》の楔。

達してもなお体は貪欲で、ずくりと重い疼きが子宮を震わせた。

ゆっくりとセルジュが蜜壺へ屹立を埋める。

「は……」

指とは違う圧倒的な質量で体を埋められていく感覚に瞼が震えた。過敏になった体は彼の欲望を受け入れるだけの行為にも耐え切れず、

「あ、あぁっ!!」

三度目の絶頂に震えた。ぎゅっと彼の屹立を締めつけると、一瞬彼の動きが止まる。痙《けい》攣《れん》が収まるのを待って、蠱惑的な微笑を浮かべたセルジュが再び中を擦り出した。

「ひ……ぁ」

口淫で力を取り戻した欲望は、リディアの中で存在を誇示してくる。ゆるり、ゆるりと動く度に、内壁が彼に絡まり吸いついた。

「も……許して」

先ほどとは違う場所を攻められる行為が辛いのに、体がいつまでも彼を欲していた。あとどれだけこの興奮に身を投じれば体を渦巻く愛欲は鎮まるのだろう。

「あなたが誘ったのでしょう?」

そんなリディアの劣情を見透かしたような、楽しげな声で囁いたセルジュは絶えることなく律動を続ける。彼の目が揺れる豊満な乳房を捉えると、再びそれに手を這わせてきた。

「あ、……ぁん、んん」

感触を楽しむように揉みしだかれ、薄桃色の頂を指の腹で何度も弄る。リディアは興奮

に頬を染め、甘美な刺激に目を閉じた。

もうどうなってもいいと思えるくらい、緩慢で強烈な快感。たくましい屹立で体の内側を擦られ、乳房を愛撫される快楽に体中の細胞が溶けてしまいそうだ。

繋がったまま体を裏返しにさせられると、深い場所まで彼が入ってくる。思わず嫌だと頭を振り、鮮烈な刺激に悶えた。

これ以上は、本当に壊れてしまう。

「やっ、あぁっ!!」

なのに、セルジュはリディアを執拗に追い詰めてくる。リズミカルな律動に腕をバタつかせて逃れようとするも、体の中心を彼に支配されていてどうにもできない。繋がった部分から溢れる互いの体液は内股を伝い、シーツに滴り落ちた。

「セルジュ……、本当にもぅ、む…りだ…から、あぁっ!」

泣き言も聞き入れられない。

薄く笑われ、腕を引かれて上半身を持ち上げられると、背中から抱え込まれる。秘部へ伸びた手が同時に快楽を送り込んできた。蜜襞に隠れた尖りを探り当てた指が、それを押し潰す。刹那、それまでとは違う快感が背筋を震わせた。

「分かりますか?　ここを触る度に私のものを締めつけている。……ほら」

「あ、あ……っ、あ…んっ」

「聞こえるでしょう、はしたない音が。これは何ですか?」

　腰を揺らめかせながら幼子に話しかけるように耳元で囁かれた問いかけに、リディアは羞恥に真っ赤になりながら「知らない」と途切れ途切れの声で抵抗した。

　じわじわと体中を快感で満たしていく攻め苦に、涙が止まらない。

　顎を逸らした拍子に、飲み込めなかった唾液が口端から零れた。

「あ……くぅ……っ」

　どこもかしこもセルジュに支配されている状況で、リディアにできる抵抗などたかが知れている。彼の手の動きを止めようと手をかけるが、それも抵抗と呼ぶにはあまりにも弱い。

「催促をされているみたいですよ」

　耳元で発せられる声に違うと涙ながらに訴えるも、添えているだけの手は少しも本来の役目を果たそうとしてはくれなかった。

　止めさせたいのに、体は今以上の快感を求めている。おのずとセルジュの律動に合わせて揺れ出した腰に、彼は喜悦《きえつ》を含んだ声音で告げた。

「淫乱な体だ」

「――ッ」

　耳殻《じかく》に押しつけられた唇の感触と、花芯を強く摘まれた刺激で四度目の絶頂が駆け巡った。

　体中から汗が噴き出し、強すぎる快感に体が痙攣する。がくがくと震える体にかまうことなく送り込まれる振動に今すぐ降伏したい。

「はぁ、あ…っ！　あぁっ」

心臓が壊れてしまいそうなほど早鐘を打ち、血脈が指の先まで快感を流し込む。痺れた体は触れられている部分すべてが性感帯で、些細《ささい》な快感ですら強烈な刺激を生んだ。

「やっ、あぁ……っ!!」

なのに、止まらない律動はリディアを着実に追い詰めてくる。

首元に噛みつく瞬間を見定めている獣が、ねっとりとうなじを舐め上げた。頸動脈を噛み切られそうな恐怖を覚えたのに、体は興奮している。

これは麻薬だ。

味わったことのない快楽に、リディアは何が正しいのかさえも分からなくなってきた。

今はただ、この美しい獣に喰われていたい。

「あっ、あ……っ、んん！」

律動を催促するかのように、無意識に締めつけを強めた。

「イき…たいですか」

心なしかセルジュの声もかすれている。

じゅぷ、じゅぷ…と繋がる部分から響く音がリディアの興奮を煽った。

「……き、たいっ」

辛くて苦しくて、どうしようもないのに気持ちよくておかしくなりそうだ。

チッと舌打ちが聞こえると、腰骨がぶつかるほど強く激しい腰遣いに変わった。花芯を擦る指もリディアを追い詰める為だけに動き出す。

「あっ、あ……、やぁっ」

ちかちかと目の前に散らばる光を目指して蠢いていた疼きが駆け出す。体中がどろどろに溶けていく感覚に、何も考えられない。何度目かの絶頂の予感に身を強張らせたその時。

「——ッ!!」

リディアの意識が閃光に呑まれた。

第二章

「起きなさい」

気だるげにベッドに突っ伏していたリディアは、その声にゆるり…と瞼を持ち上げた。

薄いカーテン越しに見える外の風景はいつの間にか夜の帳《とばり》が降りている。流れる街灯の閃光をぼんやりと見ていた。

いつ眠りに落ちたのだろう。散々蕩《とろ》けさせられた体は今もずぶずぶと快楽の余韻をあちこちで燻らせている。

――まだ夢の中をたゆたっているみたい。

五年ぶりのセルジュの温もりに、どうしようもなく興奮した。度を超した行為を思い出し、今更ながら羞恥に顔が赤くなる。

(私ったら、なんてはしたないことをしたの)

飢えた雌のようにセルジュの欲望をねだり、彼の……。

（あぁ、だめ！　思い出すだけで顔から火を噴きそうだわ）

セルジュはそんなリディアを見て、何を思っただろう。

チラリと視線だけを向ければ、先にシャワーを浴び終えていたセルジュはバスローブを羽織り、ベッド脇に腰掛けてこちらを見ている。

はだけた胸元から覗く綺麗な胸板、濡れた髪から滴る水滴が頬を伝っていく姿に跳ねた鼓動を悟られたくなくて、リディアは顔を壁の方へ向けた。すると、彼の手が掛布から出ていたリディアの肩を撫でた。

ビクリ…と体が反応する。

「それほど私とのセックスは良かったですか」

まだ敏感ですよ、とからかい混じりの声音にキュッとシーツを握りしめた。ねめつければ、くすりと笑われる。

「起きられますか？　汗を流してきなさい。それから食事にしましょう」

お腹が空いているでしょう、と問われた途端、きゅうっと体が空腹を訴えた。

「ご、ごめんなさい」

恥の上塗りをした気分になって枕に顔を埋めると、声を上げてセルジュが笑った。

「さぁ、急いで」

「うん」

抱き起こされ、はだけた掛布から乳房が零れ落ちる。慌ててそれを引き上げれば「今更でしょう」とまた笑われた。

「そういう問題じゃないのっ。む、向こうへ行っていて！」

呆れるセルジュの体を押しやりリビングへ行けと言うと、肩を竦めながらもセルジュはリディアから手を離し腰を上げた。後に続いて立ち上がった直後、ふらりと重心が傾ぐ。

「きゃ……っ」

「危ないっ」

咄嗟に支えられなかったら、床に転がっていたところだった。

「あ、りがとう」

「……大丈夫ですか。少し無理をさせてしまったようですね。お詫びに汗を流して差し上げましょうか」

「け、結構です！」

これ以上セルジュに触れられたら、またおかしな気分になってしまう。しかも、申し訳なさを語っている口調が愉悦交じりなのが気に入らない。

からかわれたことに口を尖らせたところで、緩く背中を押された。

「向こうで待っています」

「あ……」

なのに、離れてしまうと途端に不安になる。

「どうしました？」

「……ちゃんといてね」

不安をそのまま口に出すと、セルジュが驚きの表情を見せた。が、すぐに穏やかな微笑を湛え頷く。

「いますよ」

「良かった」

ほっと息をつき、リディアはバスルームへ入った。特別室だけあり、シャワーだけでなくバスタブまでついている豪華さに思わず感嘆の溜息《ためいき》が零れる。

（いったいセルジュはどうやってこの部屋をとったのかしら？）

贅《ぜい》を尽くした部屋に郷愁《きょうしゅう》よりも戸惑いを感じるようになった自分は、もう貴族ではないのだろう。

シャワーで汗を流し、脱ぎ散らかした服を拾って身に着ける。上流階級車両に乗るには見劣りする服装だが、リディアの持ってきた服はどれも似たり寄ったりだ。首元までボタンを留め、細いリボンで結ぶ。ハイウエストであまり裾が広がらないよう設えたワンピースドレスを着てリビングに戻れば、支度を整えたセルジュが長椅子で寛いでいた。

長い脚を組み、肘掛けについた手に顎を乗せ、じっとテーブルを飾る花を見ている。物思いに耽《ふけ》る彼はどこか硬質で、知らない人に見えた。

「できましたか、行きましょう」

リディアに気づき、セルジュが立ち上がった。

上質のスーツに身を包んだ彼の美しい姿に改めて感動を覚える。五年前にはなかった気品はこれほどまで彼を輝かせるものなのか。庭師だった頃の柔らかい雰囲気も大好きだけれど、今の彼も当時とは違う魅力に溢れている。

差し出された腕に夢見心地で手をかけ、リディア達は三両後ろにある食堂車へやってきた。案内されたのは、小さな空間で仕切られた二部屋ある個室の一室だった。

(なんて贅沢《ぜいたく》な作りなの)

テーブルにつくと、早速ワイングラスにブドウ色のワインが注がれる。チラリと見たラベルの銘柄はとても高価な品だった。

(これほどのワインを頼めるのね……)

このワインを前にしても少しも見劣りしない堂々とした風采は、本当に知らない人を見ているみたいだ。

「浮かない顔ですね。気に入りませんでしたか」

リディアの杞憂《きゆう》をワインのせいだと勘違いしたセルジュの問いかけに、リディアはそうじゃないと苦笑した。

「待遇に驚いているだけ。贅沢だわ」

「そう言っていただけて光栄です」

微笑まれ、少しだけ気後れしていた気持ちがとれた。

「あなたとの出会いに」

「再会、の間違いでしょう」

言い直すと、「そうでしたね」と目を眇《すが》められた。

その仕草にリディアは小さな違和感を覚えた。

セルジュはこんなふうに笑う人だったろうか？

リディアが覚えている彼と今の彼は根本的な何かが違う気がした。それは、彼を取り巻く環境が変わったせいなのかとも思ったけれど、もうひとつ釈然としない。

（なんだろう、どこか……違う？）

「この五年、何をしていたの？　今のあなたはとても見違えているわ」

「この姿はお嫌いですか」

「ううん、そうじゃないの。ただ、……まだ見慣れなくて。私は庭師だった頃のあなたしか知らないから、少し戸惑っているんだと思う」

「庭師……？」

呟きに目を瞬かせると、「すみません、まだ少し混乱している部分もあって」と言われた。

その声は、心なしか沈んでいるようにも聞こえた。まだすべてを思い出せていないのだろうか。

記憶を失うことがどれほどの恐怖なのかリディアには想像しかできない。過去は人の礎《いしずえ》だ。経験が自信を生み、後悔が教訓となる。振り返っても歩いてきた道がないことに、彼は何を思っただろう。

（可哀相なセルジュ……）

けれど、これからはずっと傍にいられる。彼の過去はリディアが覚えている。

「大丈夫。思い出せなくても、私が教えてあげられるわ」

「それは、私の傍にいるということですか」

「もちろんよ。どうして離れる必要があるの？」

ようやく再会できたのに、また離れ離れになるなんて嫌だ。

力を込めて頷けば、セルジュは唇に笑みを浮かべた。彼もそれを望んでいるのだと分かると、気持ちが高揚してくる。

今日はなんて素晴らしい日なのだろう。あの時、老婆に切符を譲って本当に良かった。

リディアは嬉しくなり、嬉々としてふたりの思い出を話して聞かせた。

「あなたは私の家の庭師だったの。とても花を育てるのが上手で、あなたを真似て私も花を植えるのだけれど、どうしてかすぐに萎《しお》れてしまったり、弱ったりしてしまうから、結局あなたにお世話してもらっていたわ。花達も、あなたが育てると本当に見違えるほど元気になったの。花に愛される人なんだと思った」

思い出を語ると、目の前にその時の光景が鮮明に現れてくる。

セルジュが庭にいるだけで、花達が歓喜に満ちていた。花達だけでない。彼見たさにリディアの家に遊びに来たがっていた令嬢もたくさんいた。

彼に恋をしていると気づいたのは幾つの時だったろう。ずっと昔から大好きで、彼以外の異性など目に入らなかった。

「そんなあなたは私の自慢の人だった。大好きだったわ。でも、あなたは身分の違いをとても気にしていて、いつも私に遠慮ばかりしていた」

あなたはそのままでいい。

何とかして彼にそのことを伝えたくて、リディアの誕生日、彼にねだりセルジュとふたりの写真を撮った。彼が買ってくれた揃いのロケットペンダントに写真を入れて、以来、肌身離さず持っていた。

リディアの心に寄り添えるのは、世界中でセルジュだけ。その証としたのがロケットペンダントだった。

けれど、それも彼の心と共にあの船舶事故で失くしてしまった。

「どうかされましたか？」

無意識に胸元に手を当てていたことに、ハッとした。今でもふとした拍子に手がロケットを探している時がある。

「ううん、なんでもないの」

ロケットを失くした時、セルジュとの繋がりも失ってしまった気がしていたけれど、運命はちゃんと彼と繋がっていたのだ。

目の前に座る愛しい人を見つめて、再会の喜びを噛みしめた。

「またあなたに会えて嬉しい」

「……私もですよ」

返ってきた微笑みは、ほんの少しだけリディアとの温度差を感じた。

（まただわ）

先ほどからチラチラと見え隠れする、セルジュへの違和感。

（何かしら、この気持ち）

セルジュのはずなのに、別人と会話をしているみたいで落ち着かない。彼の心が遠くに感じられた。

何が違うのだろう。どこが昔と変わった？

じっと見つめ、思ったままのことを問いかけた。

「セルジュはいつからそんな口調になったの？」

「今の仕事に就くようになってからでしょうか。普段から使っていた方が乱れないからと教えられ、いつの間にかこちらの方が自然になったようです。おかしいですか」

「おかしくはないけれど。教えられたって、誰から」

「私が身を寄せている方からです。今は彼の事業のひとつである鉄道業の経営に携わっています。この列車に乗ったのも仕事の延長のようなものですね」

「その方とは、もしかしてブノア伯爵かしら」

「よくご存知ですね」

驚きの声に、リディアは苦笑した。

「当然よ。あなたを助けてくれた方だもの」

そして、リディアが彼から逃げ出した理由を作った人の父親でもある。でも、今はこうしてリディアの傍に戻ってきてくれた。

「あの時はあなたに知らないと言われてとても悲しかったけれど、こうして元気になってくれただけじゃなくて、私のことも思い出してくれて本当に良かった。ずっと心配していたのよ」

「あなたが？」

「当たり前じゃない。私はあなたの」

言いかけて、ふとあることに気がついた。言葉を止めて、セルジュを凝視する。

「私の顔に何かついていますか」

どうして彼は一度もリディアの名を呼ばないのだろう。これが引っかかっていた違和感の正体なのだろうか。

「セルジュ？」

「なんですか」

故意なのか、それともたまたま名前を呼ぶ機会がないだけなのか。

訝しげな様子を見せる彼をじっと注視する。

思い出していないのだろうか。いいえ、そんなはずはない。彼はリディアを受け入れてくれた。あんなにも情熱的に抱き合えたのは、リディアを思い出しているからこそではないのか。

ならば、なぜ彼は一度も名前を呼んでくれないのだろう。

覚えた違和感の正体が徐々に鮮明になってくる。

再会の喜びに浮かれていて、自分は何か見落としているのではないだろうか。

懸念の色が濃くなった時、デザートが運ばれてきた。

「クレープシュゼットでございます」

給仕の声にハッと思考が途切れた。振り向いた時には、デザートが盛られたトレイから蒼い炎が立ちのぼっていた。

「——ッ！」

「どうしました？」

青ざめ、立ち上がったリディアを見てセルジュが怪訝な顔をした。

彼は火を見ても何とも思わないのか。あの業火を思い出さないでいられるの。

「あ……」

直感がざわめいた。

目の前にいるセルジュは、〝セルジュ〟ではない——？

「……ごめんなさい。少しワインに酔ったみたいなの。先に部屋に戻ってるわ」

早口でそれだけ言うと、リディアは個室を飛び出した。

（どういうことなの）

別人かもしれない。という懸念が胸をざわつかせる。だが、彼はリディアの愛したセルジュに間違いない。なのに、この胸騒ぎはなんだろう。

どうして不安を感じているの。

足早に部屋に戻るリディアは動転していたせいで、まるきり前を気にしていなかった。

「きゃっ」

「おっと、これはしつれ……。リディア？」

呼ばれて、顔を上げる。そこにある驚愕の顔にリディアも目を丸くした。

「ベナール様っ!?」

「リディアじゃないかっ！」

まさかこんなところで再会を果たすとは夢にも思わなかったリディアは、瞬きも忘れてベナールを凝視した。

渋みが滲《にじ》む精悍《せいかん》な造作、強い意志の表れのような眉は他人を敬遠させるものがあるのに、その性格は世話好きで人好き。ついでに言えば、寂しがり屋でもある。

今日はなんて日なのだろう。

度重なる再会に呆然としていると、ベナールがおずおずと「再会の挨拶をしてもいいかな」と尋ねてきた。彼の声音にはまだあの日の後悔が色濃く残っていた。

「もちろんです、ベナール様」

頷くと、パッと表情を輝かせる。抱擁《ほうよう》を求められて、リディアはそれを受け入れた。互いに軽く抱き合い、再会の挨拶を頬に捧げ合う。

「ご無沙汰しております。皆様、お変わりはありませんか」

「みんな息災だよ。リディアはどうだい？　君のドレスの評判はグリーンバイツにいても耳に入ってくるよ。頑張っているんだね」

「ありがとうございます。これもベナール様のお口添えがあってのことですわ」

「ははっ、おだてても何も出ないぞ。全部、君の努力があってのことだよ」

やめてくれ、と片手で顔を隠し反対の手をパタパタと振る姿は、本気で照れているように見えた。リディアよりもずっと年上なのに、彼は時々子供みたいな仕草を見せる。

セルジュのこともあったせいか、変わらないベナールの姿に安堵を覚えた。

「それで、どうしてこの列車に？」

「ベナール様こそ、どうしてこちらへ？」

すると、彼はキラキラと目を輝かせた。

「それはもちろん、初運行するマティ・エクスプレスに乗りに来たのさ！」

「おひとりですか？」

「まさか、アリスとマリアも一緒だよ」

懐かしい名に心は弾むも、素直に喜べないのは蘇ってきた悲しい思い出のせいだ。

それでも、この手で抱きしめた命の成長を思うと胸は温かくなった。

「まぁ、アリスも。大きくなったでしょうね」

「もう八歳だ。日ごとおませになってきて困っているよ」

そういう割には頬が緩んでいるところを見ると、そのおませなところも可愛くて仕方がないのだろう。

目尻を下げて愛娘《まなむすめ》の話をするベナールを微笑ましく思っていると、ふとその表情が引き締まった。

「あの子もね、この五年で随分大人になったんだよ。妻のことも、事故のこともあの子なりに受け入れようとしている。もちろんリディア、君のこともだ。あれからたくさんアリスと話して、今では君に申し訳ないことをしたと言ってくれるまでになったんだ」

「そんな……。私は」

「もう一度、君に会えたら言おうと決めていたことがあるんだ。リディア、……あの時は、申し訳なかった。私が軽率だったと心から反省している」

深く頭を下げたベナールに、リディアは今更だと苦笑した。

五年前、彼はリディアに慰めを求めて来た。

珍しく彼が酩酊《めいてい》した夜で、その日は亡き夫人の誕生日だった。介抱するリディアをベッドに組み敷き、無理矢理関係を求めて来たのだ。リディアと妻の名を交互に呼び、肌を貪る彼を突き飛ばし、持ってきた水をかけたおかげで彼は正気に戻ったが、運悪く、その場面をアリスに目撃されてしまった。リディアがベナール邸を出たのは、そのすぐあとだ。

アリスは、父が母以外の女性を求めたことで、母の存在が消えてしまうのではないかと恐怖を覚えたのだろう。火がついたように泣き喚き、ベナールが何を言っても聞き入れようとはしなかった。彼女の伯母であるマリアもまた、この出来事を許そうとはしなかった。

誤解だったとは言え、アリスを傷つけてしまったことには変わりはない。

(申し訳ないと思っているだなんて、もったいないわ)

「ぜひこの機会に食事をしないか。アリスもきっと喜ぶだろう。君の同伴の者には私から事情を話すよ。ひとりではないのだろう？」

「え、えぇ」

「本当に心配していたんだ。私の手紙には一度も返事を寄越してくれなかったから、きっと君は今も私を許してくれていないのだとばかり思っていた。届く風の便りに安堵しては、いつか許してもらえるようにと祈りながら、また手紙を書いた」

「ごめんなさい。もう少し気持ちの整理がついたらと思っていたのです」

あんなことがあった手前、今まで通りの交友を続けていいのか分からなかった。手紙が届く度にペンを取るのだがどんな言葉を綴ろうか頭を悩ませた。「また明日」が明後日になり、三日、四日と伸びていくうちに、気がつけば五年もの月日が経ってしまった。

苦笑交じりの不満に、リディアも曖昧に笑った。

「あれから〝彼〟とは一度も会っていないのか？　随分と立派になっているぞ」

ベナールの口ぶりはセルジュを知っているふうだった。起業家になったのなら、ベナールとも会う機会があったのかもしれない。

彼なら今のセルジュのことを何か知っているだろうか。

「ベナール様、実は」

「部屋に戻ったのではなかったのですか」

リディアの声を遮るように、食堂車の扉から冷めた声が聞こえた。顔を向ければ、明らかに険を孕んだ表情のセルジュが立っている。彼の登場に、ベナールは驚愕に目を大きく見開いた。

「これは……。リディア、君の同伴は彼なのかっ!?」

小声の問いかけに、頷くことで肯定した。

「奇遇ですね、ベナール伯爵。先日はありがとうございました」

「オータン殿こそ、ここで何を?」

「オータン?」

初めて聞く名をリディアが繰り返すと、ベナールが少しばつの悪い顔をした。

「リディア。彼は今、アベル・オータンと名乗りノエリティ鉄道会社の社長をしているんだ」

「え……」

目を見張り、セルジュを見遣った。が、リディアの驚愕を受けてもセルジュの顔色は変わらない。

ベナールはそこに何かを感じたのか、リディアの視界を塞ぐようにセルジュの前に立ちはだかった。

「何をしているか…ですか。見てのとおり、わが社所有の列車の初運行を満喫している最中ですが」

「彼女と一緒にか？　だが君は確か先日」

ベナールはそこで一旦言葉を切り、躊躇《ためら》う。リディアに視線を流し、それから強い視線でセルジュを見た。

「先日、シャルロット嬢との婚約を発表したばかりだろう」

聞かされた言葉にリディアは耳を疑った。

(う…そ。だって彼はついさっき私を抱いて)

茫然自失となりながら真意を確かめるべく、ベナールを押しのけセルジュに問うた。

「嘘よね……。婚約って、そんなこと」

あるわけがない。

続くはずの言葉は、彼の態度の前にかき消された。

セルジュはただ口元に愉悦を浮かべているだけ。慌てる素振りもなく平然としている姿は、ベナールの言葉を肯定しているように見えた。

真っ青になって立ち竦むと、再びベナールがリディアを背中に庇った。

その様子に、セルジュが目を眇める。

「それで、ベナール伯爵、あなたは彼女とはどういうご関係なのですか。随分と親密なご様子ですね」

「君に言う必要があるのか」

「想像のとおりであれば、あえておっしゃらなくても結構です」

「どういうことだ」

ベナールの胡乱な声に、セルジュがしたり顔で肩を竦めた。

「ひとつ確認したい。君は今、記憶が戻っているのか」

「いいえ。先日の婚約披露パーティの時も、そう申し上げたはずです」

あっさりと記憶がないことを認めたセルジュに、リディアはもう何も言えなかった。

(記憶が……戻って、ない)

引っかかっていた違和感の正体が唐突に姿を現した。

リディアの名前を呼ばないのも、どこか他人行儀な振る舞いだったのも、すべてリディアとの記憶がなかったから。

でも、彼は確かに最初、あの部屋に入って……。

(入って、何て言った……?)

『私を覚えていますか』

あれが確認ではなく、問いかけだったとしたら——。

「――ッ!!」

ようやく気づいた早合点に瞠目すれば、秀麗な顔が悪辣に歪《ゆが》んだ。懸念が確信に変わった瞬間だった。

違和感などではない。彼は初めから〝リディアのセルジュ〟ではなかったのだ。

(あぁ……っ)

「ではなぜ彼女と一緒にいるんだ。彼女が君にとってどういう存在なのか知っているならこんな扱いはしないはずだ!」

「さて、こんな扱いとはどういうことでしょう。それに彼女のことなら〝知って〟いますよ。私を愛していたのでしょう? いや、それは今もか。先ほどまで激しく私を求めてきましたから。貞淑《ていしゅく》な淑女の仮面を取れば、男の性を煽る術に長《た》けた娼婦も同然の女。もしや、あなたも彼女の手管《てくだ》を堪能《たんのう》されたおひとりですか?」

「――ッ、貴様!」

「図星ですか。愛妻家と評されているあなたでもこの女の誘惑には敵わなかったというわけだ。ならば、私程度の若輩者《じゃくはい》の火遊びもご理解いただけるでしょう。余計な詮索は不粋というものですよ」

そう言ってセルジュは、悪意に満ちた皮肉に声を失い震えるリディアの腕を引き、傍に引き寄せる。

「誰であろうと私の邪魔はさせません」

温度の無い声音が、一瞬ベナールを気負わせた。セルジュは眇めた目で彼の後ろを見遣り、冷笑を零す。

「それに、こんなところで油を売っていてよろしいのですか。先ほどからこちらを見ているご婦人は伯爵のお知り合いでは？」

ベナールはハッと後ろを振り返った。その隙にセルジュはリディアを連れて部屋へ足早に戻る。佇んでいたのはマリア。すれ違う際に見えた不安げな眼差しに、リディアはサッと顔を伏せた。

セルジュはリディアを部屋に放り込むと背中で出口を塞ぎ、リディアの前に仁王立ちした。

たたらを踏み、勢い余って床に転がったリディアは蒼白顔でセルジュを見る。

「ど……いうことなの。嘘よね……？」

「どの言葉のことですか」

飄々《ひょうひょう》と言ってのけた態度に、カッと頭に血がのぼった。

「全部よ！　シャルロットとの婚約話も、わ…私のことを娼婦のようだと言ったことも全部！　記憶はあるのでしょうっ⁉　でなければ私を抱いたりなど」

「誘ったのはあなただ」

堂々と責任転嫁をされて、開いた口が塞がらなくなった。

「私は言ったはずです。話をしよう、と。けれど、あなたは私の制止も聞かず、性急に私を求めて来た。実に見事な手管でしたよ。淫らで、男を誘う術をよくご存知だ」

先ほどの度を越した情事を揶揄《やゆ》され、屈辱に全身が燃えた。

自分でも彼を求めすぎた自覚はある。けれども、相手がセルジュだったからこそ、箍《たが》が外れたのだ。

だが、セルジュはリディアが淫乱だからだと笑った。

リディアを蔑む冷淡な視線に、かつての愛情は欠片もない。腕を組み、扉に背をもたれる姿すら絵になる男は、おもしろげにリディアを見ている。

言いようのない不安が、リディアを苛立たせた。が、次の瞬間。

「私の愛人になりなさい」

告げられた囁きに、一瞬思考が止まった。その隙に、セルジュはリディアの腕を引き立ち上がらせると、腕の中へと囲った。

「体の相性の良さはあなたも実感したはずだ。この列車の旅限りの恋を楽しみませんか？」

頬に触れた彼の指が感触を確かめるように滑り、軽く顎を持ち上げる。近くなった存在に息を呑んだ。

セルジュはそんなリディアの瞳を探る様に見つめている。僅かに目を細め、出方を窺う様はまるで猫のようだ。

「私を愛しているのでしょう？」

首を傾げ問う声音の、なんて魅惑的なことだろう。

この姿とこの美声に誘われ、頷かない女などいるはずがない。一流のスーツに身を包んだ彼の色香は壮絶と言っていい。今の彼ならその身ひとつで財を築けるだろう。

心をくすぐる誘いは、まさに悪魔の囁きだ。

だが、その為に支払う対価は到底正気とは言えない代物。リディアの心だ。今しがた、リディアを淫乱だと揶揄した口が今度は愛人になれと言っている。

セルジュの考えていることが理解できなかった。

「――っ、あなたいつからそんな最低な人になったの」

ドン…と両手でセルジュの体を押しやり、腕の中から逃げ出す。受けた屈辱に唇をわななかせながら思いきり睨みつけた。

なにが愛人だ。

彼がリディアに恋をしていないことくらい、その顔を見れば分かる。彼の本気を知っているリディアだからこそ、セルジュの紡ぐ言葉に意味がないことを感じとれるのだ。

(もう騙されないんだから！)

唸るように悪態づけば、セルジュはその美貌に微笑を浮かべた。

刹那、ゾクリ…と悪寒が背中を這った。冷笑ともとれるそれに体中の肌が粟立つ。知らない顔を見せたセルジュから反射的に一歩後ずさった。

どうして彼は突然こんな馬鹿げた提案を持ちかけたのだろう。五年の間で、何が彼を変えさせてしまったの。

　セルジュの言動の意図がまるで分からない。昔は感じられた彼の気持ちが、今は何も見えてこなかった。

「残念だ、恋戯《あそ》びはお嫌いのようですね」

　嘯《うそぶ》き、態度を一変させる。

「では、あなたのすべてを壊して差し上げましょう」

「な――っ」

　物騒な言葉に目を剝けば、薄闇の中から蠱惑的な微笑が言った。

「私はどんな手を尽くしてもそれをやり遂げてご覧に入れます。手初めに仕事先を潰してみましょうか。あなたのせいで路頭に迷う人達の嘆きを聞くといいですよ」

「む、無茶苦茶だわ！　あの店はマダムがご主人と一から作り上げた大切な場所なのよ！　馴染みのお客様も大勢いらっしゃるのに、それを潰すなんて！」

「それが、なにか？　私はあなたが苦しむ姿を見られれば、それで満足なのです」

「ひ……どい！」

「酷い？　は…、くっ。ははははっ!!」

　嘲《あざけ》り、肩を揺らし震え出したかと思えば、セルジュが声を上げて笑い出した。

「どちらが酷い人間なのか、これからじっくりと教えて差し上げますよ」

　暗い光を宿した目が凶暴になると、次の瞬間にはベッドに押し倒された。起き上がろうとする前に、セルジュが馬乗りの体勢でのしかかってくる。

「や――っ」

「逃げたいですか？　いいですよ、お逃げなさい」

クックッと喉を鳴らしたセルジュは、なんて楽しげに笑うのだろう。

が、愉悦を浮かべているのは口元だけ。見下ろす眼光の冷たさと、陰影が落ちた美貌の壮絶さに体が強張る。セルジュから感じる仄《ほの》暗い喜悦に怯えた。

「や……めて」

「もう少しあなたの浮かれる姿を見ていたかったのですが、まぁいいでしょう。このまま私と旅を続けなさい」

「嫌よ！」

「では、私を振り払い列車を降りればいい。ただし、手持ち金のないあなたがどうやってトゥインダまで戻るというのかは疑問ですが」

「馬鹿にしないでっ、お金なら持ってるわ！」

「だから、どこに。あなたの荷物はこの列車にはありませんよ」

「な……んですってっ⁉」

目を見張れば、セルジュがしたり顔になる。

「あなたの荷物は私が処分するよう伝えておきました。どうします、それでも降りますか？　またその体でどこかの金持ちを誘惑するのもいいでしょう。幸運にもこの列車にはあなたのカモになりそうな輩は大勢いますよ」

「最低ねっ!!」

罵倒を微笑で流し、セルジュの手がリディアを服の上からなぞった。

「やめてっ！」

「なぜ？　さっきはあんなにも喜んでいたのに。私を受け入れよがっていたでしょう？」

先ほどの痴態を揶揄され、体中が恥辱で熱くなった。四肢をばたつかせ暴れるも、セルジュはビクともしない。そればかりでなく、リディアの抵抗を楽しんでいるかのように体を弄ってくる。まるで知らない男に触れられているみたいな感覚が気持ち悪くてたまらない。

（やめて、触らないで！）

リディアは薄紫色の瞳から涙を零し、彼の腕を抑え込もうともがく。そんなリディアを見下ろし、セルジュはくつくつと笑った。

「素晴らしい……、涙に濡れるとその瞳は一層魅惑的で美しくなる」

囁かれ、抵抗を続けていた手を掴まれ両方一緒くたにされた。片手で難なく両手を掴み上げる力のなんて強いことか。力いっぱい抗っても外れないことが恐怖心を煽った。

「は、離して！　離しなさいっ。や……、やぁぁ――っ!!」

虚勢を張れたのも一瞬。肉体的な力の差を前に心が怯えた。

頬に触れる手から逃れたくて、目一杯顔を横に逸らす。体を撫で回していた彼の手に前身ごろのボタンを外される。さわり…と金色の髪が素肌に触れた途端、全身が慄いた。

(嫌、嫌――っ!!)

　こんな恐怖は、知らない――っ。

「あなたからは不思議な香りがする」

「やめ……っ」

「貞淑な振りなどお止めなさい。身を委ねれば楽になります、慰めて差し上げますよ」

　肌にかかる吐息と、たくし上げた裾から侵入してきた手の冷たさに体が跳ねた。

「ひ――ッ」

　乳房までせり上がってきた手が、掬い上げるようにそこにある膨らみを持ち上げる。

「豊かなものだ。誰に育ててもらったのですか」

　誰でもない、この体に触れたことのある異性は後にも先にもセルジュひとりだけ。

　嫌だと泣き、止めてと喚く声も虚しく瞬く間に全裸にされると、彼が解いたネクタイで手首を拘束され、ベッドメイクを整えたばかりのそこに縫いつけられる。眼前に迫る冷酷な眼差しにコクリ…と息を呑んだ時だ。

「あなたなど壊れてしまえばいい」

　愕然とする言葉を投げつけられた。リディアへの憎しみに満ちた声音に、抵抗の声を発することもできない。

(ど……うして)

　なぜ、憎まれなければいけないのか。

驚愕に瞳を揺らし、食い入るようにセルジュを見つめる。

憎まれている理由が分からなかった。

凝然としている間も裸体の肌に手を這わされる。

「この体で伯爵を誘ったのですか」

違う、そんなことはしていない。慰めを欲したのはベナールの方だ。

『救ってくれ……、リディア』

当時を思い出しクッと頬を歪めると、「質《たち》が悪いな」と勝手な解釈をしたセルジュがありありと嫌悪を浮かべた。

蔑みの眼差しに晒《さら》されながらも、浮かんだ感情は「なぜ」だけ。

どうして自分の存在は、欠片すらも彼の心に留まれなかったの。恨まれている理由とは何。

リディアとの記憶がない彼が、いったいどんな経緯でリディアを知り、憎しみを抱くようになったのか。

「あぁっ!!」

愛撫もなく蜜口に挿し込まれた指の感覚に、体がのけ反った。

「考えごととは余裕ですね。私相手では楽しめませんか」

「や……ぁ、あっ」

入り口辺りで蠢く指は、すぐに本数を増やしてリディアの中へ潜ってきた。二本の指が気ままに中を弄る。中を擦られる度に腰が跳ねた。

「もう濡れてますね。それともこれは先ほどの名残？」

引き抜き、指の間で糸引く透明な体液を見せつけられ、たまらず顔を横に向けた。ほくそ笑んだセルジュがまたぬかるみの中へ指を差し込む。動かすごとにぐち、ぐち…と卑猥《ひわい》な音がした。

「や……めて、もうやめてっ」

憎んでいるのなら、触らないで。これ以上、心を犯そうとしないで！

「何を泣くのです、私が欲しいのでしょう」

嗚咽《おえつ》を見咎《とが》め、冷めた声が問うた。

露《あら》わにされた嫌厭《けんえん》の眼差しに体が竦む。彼から感じる憤りに、涙が止めどなく零れた。

何が悲しくて愛している男から凌辱されなければいけないの。

「どうして、こんなこと……っ。私が何をしたと言うの」

「何をした？　自分のしたことも忘れてしまったのですか」

ぐりっと上壁を掻《か》かれ、息を詰める。

「私が、した……こと？」

ひっと喉を鳴らしながら、散らばりかけた思考を必死でかき集めた。

答えを求めて見つめれば、冷めた目を返される。

「あなた……やっぱり記憶があるんでしょ」

が、リディアの期待は冷笑で薙《な》ぎ払われた。

「戻ってはいませんし、取り戻したいとも思いません。ですが、何があったのかは知っています。あなたは私の事故の報せを聞いた後、満身創痍《まんしんそうい》の私を見限り、新しい男と共に逃げた」

「違う！　そんなことしてないわっ!!」

「どこが違うと言うのですか。事実は今、私達の目の前にある。あなたは金持ちの男をたぶらかしただけでは飽き足らず、ベナール伯爵まで毒牙にかけていた。この体とこの美貌を使ってね」

「そうじゃないっ。彼は」

「言い訳など聞くつもりはありません。口では何とでも言えますからね。思い知らせてあげますよ、あなたがどれだけ低俗な人間なのか」

「あっ、あぁっ!!」

乱暴に中をかき混ぜられ、一気に絶頂へと追い上げられる。

強すぎる快感に、おかしいくらい腰が震えた。が、セルジュは過《す》ぎる快感に痙攣するリディアを労わることなく大きく脚を割り開かせると、蜜まみれになったそこへ吸いついた。

「やっ、やぁぁ――!!　まだ、だめ！」

花芯を吸い上げられ、体ががくがくと踊る。縛られた手で必死にセルジュの頭を引き剝がそうとするも、先ほどの情事の疲労が残る体には抗うだけの体力は残っていない。

わざと淫らな水音を立てて羞恥心を煽りつつ、同時に繰り出す指の愛撫でリディアを追い立てる。

強烈な刺激に、何度も意識が飛びそうになる。絶頂に追い上げられても、またすぐ次の絶頂に襲われた。

「も……だめ、こわ……れ、る」

「まだですよ、この程度で壊れはしません」

止まらない快感に意識が朦朧としてくる。

四つん這いにさせられ、腰を高く掲げた体勢をとらされると、また秘部に指をねじ込まれた。摩擦熱で蜜口が擦れて痛いのに、中を擦られる刺激の方を選んでしまう自分は、もうどこか壊れてしまったのかもしれない。

感じる本能のまま腰を揺らめかすリディアは、発情した獣そのもの。

「あ……あん、あっ、あ……は、ぁあ」

苦しい快感に目を閉じ、シーツを握りしめながらそれでも快感だけを追った。そうでもしなければ、本当に気が狂ってしまう。

内股を伝う蜜がシーツまで濡らした。指が動く度に飛沫《ひまつ》が飛ぶ。セルジュの手をぐっしょりと濡らし、与えられる快楽に喘いだ。

――もう、壊して。

理由も分からず憎まれ蹂躙《じゅうりん》されるくらいなら、心を壊してほしい。

虚ろな目で後ろを振り仰ぐが、ジャケットを脱いだだけの格好の彼は、そんなリディアを冷ややかに見下ろしているだけ。

「セ……ル」

「アベル、と呼びなさい」

「――ッ」

拒絶され、心にまたひとつ傷が刻まれた。

嫌だ。彼を自分の知らない名前でなど呼びたくない。

口惜しさを噛み潰して、リディアは再びシーツに顔を伏せた。その時だ。彼の手が背骨をなぞった。ある一点を掠めた時、痛烈な痛みが走る。

「……っ、あぁ――っ!!」

そこは事故で強打した箇所だ。傷痕は残らなくても、体は刻み込まれた痛苦を覚えている。傷は癒えたはずなのに、彼に触れられた瞬間、強い電流が駆け巡った。

リディアの悲鳴にセルジュの手が一瞬怯んだ。が、彼は確かめるようにもう一度、同じ場所を押す。

「やぁっ!!」

痛みとも快感とも判別のつかない刺激にリディアは慌てた。押される度に強烈な電流が体を支配する。思考すらもかき消してしまうそれから逃れたくて、身を捩った。

「そこだけはだめっ！」

縛られた腕を使って上へとずり上がるが、腰を攫われ引き戻される。背中の古傷に手を這わせながら、セルジュが喜色の声を発した。

「いい反応をする。この場所が感じるのですか」

「やぁっ、あぁぁっ!!」

腰を摑まれた体勢で暴れると、片手で下衣を寛がせたセルジュが欲望を取り出した。宛てがわれた熱に一瞬動きが止まる。

「ならばこれが欲しいと言いなさい」

唾液と蜜で濡れた場所に先端を押しつけ、囁かれた誘惑の声にリディアは夢中で首を横に振った。

「いや、いや……っ。お願い、許して」

心の通わない行為なんて、絶対に嫌だった。

なのに、彼は自身を持ち、絡めた蜜を塗り込むように屹立を動かす。蜜襞を先端で擦られる刺激に、心とは裏腹な体は秘部をひくつかせその時を待っていた。生殺しの愛撫と胸に広がる悲しみにむせび泣きながらも、セルジュを中へ導こうと自ら腰を揺らめかせてしまう。

「はしたない腰つきだ」

さわりと臀部を撫でられ、頬が屈辱に染まる。嫌なのに催促する動きは止まらない。

先端を軽く押し込まれれば、それだけで快感が全身を巡った。

「は……ぁ、も……やめて、ど……して」

なぜこんな酷いことをするの。

(私が何をしたというの)

「楽しいからですよ」

冷え冷えとした声が容赦なく心を刺した。

「あなたが屈辱に苦しむ顔を見るのがたまらなく楽しいからです」

最高ですよ、と囁かれリディアは嫌だと首を振った。

「もっと私を楽しませなさい。私を愛しているのでしょう?」

少しずつ埋まる質量に、ぞくぞくする。

「あ…あぁ、あ……」

入り口付近を亀頭で擦られる摩擦に、それだけで軽く達してしまった。

「はぁ、は…ぁ、あぁっ」

「いけない人だ、誰がイってもいいと言いました」

ずず、と奥まで押し込まれた欲望が一気に引き抜かれる。絶頂を味わったばかりの体には過ぎる快感だ。

セルジュはそれを承知で動く。深く押し込み、蜜口まで引き抜く。そうしてごりごりと中を擦られることで快感に神経が焼き切れる。なのに、彼はまた背中のあの場所を押した。


「やぁ、あぁ……っ、やぁ——っ!!」

猛烈な痛みにたまらず彼のものを締めつけた。

「凄い…締めつけだ。やはりここが一番感じるようですね」

「あっ、あ……っ！」

ぐちゅ、ぐちゅ…と律動の音が客室に響く。その隙間を埋めるようにリディアが悲鳴に似た嬌声を上げる。肌のぶつかる音が劣情を煽り、痛みが快感にすり替わると、心も体も乱された。

どうして、どうしてっ、どうして――っ！

「……嫌いっ、あなたなんて嫌いっ！」

「嫌いで結構」

呻き声で呟かれ、腰を叩きつけられる。脳天を貫いた快感に、上体を獣のように反らせた。

「地獄へ落ちなさい」

「やぁぁぁ――っ!!」

背中に這う唇が落とした残酷な宣言よりも、悪魔が与える快感に身を投じた刹那、弾けた快感のきらめきを追って意識が闇に沈んだ。

☆★☆

情事の跡の残るベッドで、リディアは涙の乾いた頬を軽くシーツに擦りつけた。

カーテンを閉め忘れたせいで、外の明かりで目が覚めたのだ。

リディアの隣では背を向けたセルジュが寝息を立てている。身じろぎしても彼が起きる気配はなかった。

シャツを着たまま眠るセルジュの背中をぼんやりと見つめる。

(こんなにも大きな背中だったのね)

眠る時はいつも彼の腕の中だったから、じっくりとセルジュの背中を見たことがなかった。

規則的に上下する背中に手を伸ばす。違和感を覚えたのは左肩に触れた時だった。

(何かしら)

滑らかな肌に感じる歪な凹凸《おうとつ》。それは左肩から肩甲骨の辺りにまで続いていた。怪訝に思ったリディアはそっと手を伸ばし、シャツ越しにその部分に触れた。

(傷痕……?)

不自然に盛り上がった肉の感触。指を這わせその正体を探っていると、

「——何をしているのですか」

不意に声がかかった。

ビクッと手を引くと同時に、セルジュが肩越しにこちらを見遣る。

「あ……」

「これが気になりますか」

おもむろに起き上がったセルジュは、着ていたシャツを脱いだ。現れた背中の傷痕を目の当たりにしたリディアはその凄惨さに目を剝き、言葉を失った。

酷い爛《ただ》れ方をした火傷痕だった。盛り上がった肉が薄闇の中でも赤黒く変色しているのが見て取れる。

辛うじて手で口を覆い、零れそうになった悲鳴を押し止めたが、それを誤解したセルジュは「気持ち悪いですか」と鼻白んだ。

彼が服を脱がなかったのは、これを見られたくなかったせい？

リディアが知っている限り、五年前までは彼の肩にこの傷はなかった。食い入るように火傷痕を見つめ傷の原因を考えた。

（あの事故で？）

記憶を失うほどの惨劇を彼は味わった。ならば、この傷もその時に負ったと考えるのが自然ではないだろうか。

（あぁ、なんてこと……っ）

考えるほど、傷の原因はそれしかないように思えた。海に浮かんでいたところをブノア家の乗るボートに助けられたセルジュ。その間に彼はどんな修羅場《しゅらば》を体験したのだろう。

記憶を失うほど酷い光景を見たのかもしれない。心を守る為に、封じなければいけない記憶だったとしたら。

あの光景は、体験した者でなければ語れない。「大変だった」のひと言で片づけられる出来事ではない。今も多くの被害者が後遺症に悩まされているという。繰り返し見る悪夢に心を苛まれている者、負った傷のせいで生活に支障をきたしている者。家族を亡くし、失意と悲しみに呑み込まれてしまったままの者。

リディアのように日常を送れている人達はどれくらいいるだろう。

誰もが死にもの狂いで命を守った。

それはセルジュも同じだったはず。彼もまた、あの事故の被害者だ。

「痛かったでしょう……？」

完治するまで彼はどんな苦しみを味わってきたのだろう。身を焼く痛みがあったのだ。何かに縋らなければ乗り越えられない苦痛だったに違いない。

(——だから、なの？)

自分との記憶を失くされたことに嘆き、ひとりぼっちの寂しさに彼を恨んだ夜もあった。こんなにもセルジュを想っているのに、彼は今頃シャルロットと共にいるのかと考えては嫉妬で眠れない夜もあった。その反面、明日にはすべてを思い出したセルジュが迎えに来てくれるのではないかと願ってもいた。

どうして、ではない。彼をあの事故に巻き込んだのは、リディアではないか。

労りの言葉にセルジュは一瞬、目を見張った。

リディアはわななく唇を噛みしめ、傷痕に口づける。

（ごめんなさい。駆け落ちなど、しなければ良かったのね）

当時、リディアはクレマン家の庭師であったセルジュと密かに想いを通わせていた。貴族の娘である以上、いずれ決められた相手と結婚をしなければいけない。理解はしていても、美しいセルジュに傾ぐ心は止められなかった。

そして彼もまた、リディアを愛してくれた。

誰にも気づかれないよう心を寄せ合い過ごした時間が幸福なほど、しがらみだらけの貴族社会が煩わしくてならなかった。貴族と平民の垣根《かきね》を気にする彼の遠慮がちな態度も不満だった。

そんなこと、どうでもいいのに。

庭師としての誇りを持つ彼に比べれば、社交界の殿方など幼く、何の魅力も感じなかった。好きなものに無心になって打ち込む姿にリディアは恋をしたのだ。

彼が身分を気にするというのなら、貴族の称号などいらない。堅苦しい礼儀の世界よりも、平民となり自由な恋愛で愛しい人と寄り添えることの方が何千倍も素晴らしいことのように思えた。

父から婚約の打診があったのは、そんな時だった。

その時には心からセルジュを愛していたリディアは、泣いてセルジュに縋ったのだ。

自分を連れて逃げてほしい、と。

今思えば、浅はかだったと思う。幼さゆえに安易な解決法を選んでしまったリディアに彼は何を感じていただろう。

それでも、セルジュは望み通りリディアを攫ってくれた。

持っていた宝石をすべて金貨に換え、リディア達は人目を忍ぶように街を抜け出し、あの船に乗り込んだ。セルジュは陸路での逃走を望んだが、一刻も早く領土を離れたかったリディアは、追手の手が届かない船での駆け落ちを切望した。なにより鉄道は父の事業でもあったからだ。

が、それが運命の分かれ道だった。

難破した船と共にリディア達の恋も終わりを迎えた。

そして、その代償を五年の年月を経た今、払おうとしている。

自業自得。

誰かの嘲笑う声が聞こえてきそうだ。

自分の我が儘のせいで、それまで彼が歩んできた時間も何もかも奪ってしまった。そればかりか一生消えない傷を負わせ、計り知れないほどの苦痛を味わわせてしまった。理由も分からず負った傷の苦痛に苛まれながら、彼は「なぜ」と問うたはずだ。療養生活を支えてくれたシャルロットに心変わりしたのも、聞かされた事実から、味わった苦しみをリディアへの憎しみに変換したのも、仕方のないこと。

『記憶を取り戻そうとも思いません』

今なら分かる。あの言葉に込められた、リディアへの深い憎悪の意味が。

勝手に逃げ出したくせに、何事もなかったようにもう一度彼に愛をねだるリディアは、どれだけ浅ましく厚顔な女に見えただろう。

——恨まれても仕方がないのだ。

セルジュが語ったことは嘘ではないが正しくもない。けれど、彼は今、リディアをいたぶり傷つけることを望んでいる。

セルジュの人生を狂わせてしまったのは自分なのだから、彼にはリディアの人生を壊す権利がある。そこにどんな悪心《あくしん》があろうとも、リディアは拒めない。

この傷を目の当たりにした今、ようやくそのことを思い知った。

「——愛人になるわ」

それがリディアにできる唯一の償いなのだ。

セルジュがさぐるような眼差しでリディアの心変わりを無言で問う。

嘘しかない恋戯びでも、もう一度彼の傍にいられるのなら、その幸福の中ですべてを壊されたい。

リディアは諦めからの微笑とも苦笑ともとれる笑みを作った。

そんなリディアを鼻で笑い、セルジュは再びリディアを組み敷いた。

☆★☆

　車窓は夜の情景を切り取ったキャンパスのように美しく、幽玄な月が静寂を従え浮かんでいる。車輪の滑走する音だけが響く仄暗い部屋を、蒼白い光が静かに照らす。深々と夜が更けていく。

　女は一枚、また一枚とそれを広げた。

　床いっぱいに置かれた写真や切り抜き。どれも同じ顔の美しい男が写っている。

（迎えにきたよ、アベル・オータン）

　妖冶《ようや》な風采に女は目を眇める。なんて禍々《まがまが》しくも美しい男だろう。

　手にしたペンで男の首に赤い線を引く。両断した線は、赤い血を連想させた。

　女はにたりと薄笑い、違う写真にも同じ線を書いた。

「ふふ……ふふふ……」

　吊り上がった口端から零れる悦喜が、静寂に滲む。

　丁寧に一枚ずつ首を刎ねていく行為が愉快でならない。

　床にインクが沁み込むほど強く男の顔にバツを描く。真っ赤に塗り潰されてもなお、手は止まらない。

「もうすぐ、会えるからね……」

　そうして写真からはみるみる男の顔が消えて行った。

第三章

『愛人になるわ』

宣言して丸一日。

窓の外には夕暮れの陽光に輝く金色の情景が流れていく。美しい景色だ。

自然だけが織り成す広大で神々しい姿は、自分の小ささを痛感させられる。何万年も続いてきたこの光景に比べれば、リディアの悩みなど些末で瞬きするほどの僅かな時間のことなのだろう。

ならば、心に巣くった深い闇も流し去ってくればいいのに。

目を細めながら、しばし時を忘れて見入っていた。

愛しい人から憎まれていることを告げられてから、リディアの表情は浮かないままだ。

晴れやかな顔ができるのは優越感を覚えている者だけ。

今頃セルジュはこの列車のどこかで勝利の美酒に酔いしれていることだろう。

婚約者がいる男の愛人になったことで、迂闊に外を歩ける立場ではなくなったリディアは、こうして一日部屋の中に閉じこもるしかなかった。セルジュも、よからぬ噂をたてられシャルロットとの仲をこじらせたくないのだろう。彼がリディアに与えた自由な場所はこの部屋のみ。荷物も処分され手持ち無沙汰なリディアにできることと言えば、窓からの景色を眺めることくらい。することもなくただぼんやりと過ごす時間はひたすら苦痛で、退屈だった。

称するなら、この部屋は豪奢な鳥籠だ。

折角の列車旅行だったのに、いったい何をしているのだろう。

はぁっと溜息をつくと、扉が開いた。

「明かりくらいつけなさい」

橙色《だいだい》の明かりで部屋が満ちると、静寂も消えた。

「食事にしましょう」

手にしたトレイをテーブルの上に置く。セルジュは食堂車で済ませてきたのだろう。リディアはひとり分の食事にチラリと目を遣り、また窓へと戻した。

(もうそんな時間だったのね)

一日座っているだけの生活では食欲など湧いてくるはずもなく、横を向いて食べない意思を示すと溜息をつかれた。

「食べなさい」

首を横に振れば、「我が儘も大概《たいがい》になさい」と諫められた。

「……食べたくないの」

「今朝もそう言ってろくに食べなかったでしょう。私は棒切れのような体を抱く気はありません。それとも、悲劇のヒロインにでもなったつもりですか？　絶食が私への抵抗だというのなら無駄ですよ」

「そんなこと思ってないっ。ただ本当に、……っ」

口答えは冷ややかな目つきで遮られた。

「──そんなに私が苦しむ姿が見たいの？」

「えぇ。ですから食事をとりなさい」

「私に命令などしないで！」

追い詰められ、つい昔の口調が突いて出た。ハッと口を噤《つぐ》んだが、発した後では何の意味もない。恐る恐る顔を上げれば、屈辱を浮かべる表情とぶつかった。

「……ごめんなさい」

体に沁み込んだ令嬢としての振る舞いは、ふとした拍子に顔を出す。それは五年経った今でも抜けなかった。

当時、身分の違いに劣等感を抱いていたセルジュに、リディアは極力その壁を感じさせないよう接してきた。条件反射のように謝罪が口を突いたのは、あの頃と同じ目をされたからだ。

もう、彼はリディアの知っている優しいセルジュではないのに、高圧的な物言いをしてしまったことに罪悪感が生まれた。

渋々フォークを手に取る。刻んだトマトを口に入れるのを見届けて、セルジュが向かいの席へ座った。トレイに乗っていたグラスには琥珀色の液体が入っている。大きな氷が入ったそれからは、ふわりとアルコールの香りがした。

どうやらそれはセルジュ自身が飲む為に用意したものらしい。

向かいの席で足を組み、じっとこちらを窺いながら飲んでいる。

(食べにくいわ)

どうせなら長椅子で飲んでくれればいいのに。

居心地の悪さを覚えながらもスープを飲み、メインに手をつける。

味なんてよく分からなかったが、気まずさを紛《まぎ》らわすには食べるしかなかった。ただ、大好きな生ハムだけは美味しいと感じられた。

「綺麗ですね」

顔を向ければ、「あなたのマナーはとても優美だ」と褒められた。

リディアが一通りのマナーを身に着けているのは、以前の彼なら知っていて当然のことだ。今は平民でも、リディアは元クレマン子爵令嬢。染みついた習慣はそう簡単には消えない。

そう言うセルジュも昨晩の食事で十分綺麗なマナーを身に着けているのが分かった。

（五年の間で何があったの）

ノエリティ社の社長となり、シャルロットという婚約者を得た。

あの事故の後、どういう経緯で事業に携わることになったのか。いつ、シャルロットへの愛に気づいたのか。聞きたいけれど、リディアを恨んでいる彼にかける言葉が見つからない。

なにより、彼の口からシャルロットの名前を聞きたくなかった。

おそらく彼を一流の紳士に仕立てたのは、彼女だ。望んで零落《れいらく》したリディアと、貴族である自分に見合うだけの男に変貌させたシャルロット。笑えるほど対極な存在じゃないか。

どちらを得た方が幸福なのかは、誰に尋ねても同じ答えを口にするだろう。

現に彼は今、どこに出ても恥ずかしくない人物になっていた。

洗練されたセルジュはあまりにも眩しく、果てしなく遠い存在に思える。リディアが愛した〝庭師のセルジュ〟の面影は、どこにもない。

それでも、リディアはあの頃のセルジュの方が好きだ。花を愛で、柔らかい笑顔で笑う彼にもう一度会いたい。

セルジュの残像に恋い焦がれ、アベルとして生きる彼にすべてを壊されるまで、あと何度、踏み潰されていく恋心の音を聞くだろう。

「私の顔がそんなに珍しいですか」

今の彼を通して過去と共に消えた愛しい面影を見ていたリディアに、セルジュは飲みかけのグラスを傾け問うた。

カラン…とグラスの中で氷が鳴った。

現実に引き戻され、リディアは顔を背ける。

「別に、珍しくも何ともないわ」

「確かに。あなたの瞳の色ほど珍しいものではありませんね。どこにでもある顔だ」

『俺の顔なんて珍しくも何ともないよ、リディィの瞳の色の方が綺麗だ』

ふと、彼が昔言った言葉が重なった。

「あなたはこの列車には休暇を利用した旅行だと言っていましたね。普段は何を？　確か洋装店を営んでいましたね」

「聞いてどうするの」

「お互いのことを知るのは、恋人として大切なことでしょう」

「馬鹿馬鹿しい。恋人ではなくて、私はあなたの愛人でしょう」

それもこの列車限りの関係なら、互いの素性など知らなくてもかまわないはずだ。一秒前まで彼のことが知りたいと思っておきながら、口から出たのは彼を拒絶する言葉なのだからお笑いだ。こんなところで意地を張っても仕方がないのに。

「リディア」

「その名前で呼ばないで」

あの人と同じ声で大切な思い出を穢さないで。

「では、何と呼びましょうか」

問いかけにフォークを持つ手を止めて、「……リディア以外なら何でもいいわ」と素っ気なく答えた。

セルジュはしばらくの沈黙の後、

「……リリー」

ぽつりと呟いた。リディアが僅かな驚きを浮かべると、「あなたからはリリーの花の香りがします」と告げられる。

一瞬覚えているのかと心がざわめいたが、どうやらそうではなかったみたいだ。毎日欠かさずリリーを店に飾っていたせいで、いつの間にか匂いが染みついていたのだろう。

「そう」

ツンと顔を背けて、フォークに刺した生ハムを口に入れた。

何も覚えていないくせに、気安く過去をほじくり返してくる彼に苛々する。けれど、それはどこかでリディアの存在が息づいているのかもしれないという淡い期待をも孕んでいて、そのことに歓びを覚えている自分にもっと苛々した。

何も語ろうとしないリディアに業を煮やしたのか、セルジュは自らのことを話し始めた。

「私はアベル・オータン。ノエリティ社という鉄道会社で社長を務めています」

「ベナール様から聞いたわ。立派になったのね」

ノエリティ社といえば、鉄道事業が盛んになってきた昨今、急速に成長している企業のひとつだと聞いた。このマティ・エクスプレスもノエリティ社のもの。

豪華な客室も一流の身なりも、これで説明がつく。

そして、その裏には彼を支えた人がいる。僅か五年で今の地位を獲得したのにはそれなりの理由があるはずだ。彼を導いた人物こそブノア伯爵であり、シャルロットなのだろう。

完全に彼の人生に入り込んでいるシャルロットの存在に、今のリディアは太刀打ちできない。戦おうにも、彼女に対抗できるだけの武器をひとつも持っていなかった。平民となったリディアに残されているのは、セルジュを愛しているこの想いひとつきり。けれど、今の彼にはそれすらもいらないものになっていた。

身分が逆転した今、セルジュとの間には分厚い壁のようなものを感じる。

(彼もこの壁を感じていたのかしら)

平民という身分に劣等感を抱いていたセルジュの気持ちが、今ならおぼろげではあるが分かる気がする。

「随分とベナール伯爵には心を許しているようですね」

「……いけない？」

「彼とはどういう関係なのです」

この丁寧な口調も彼らと過ごす時間で培われたもの。一見冷淡そうな印象を与える美貌も、物腰の柔らかい丁寧な言葉を使うことで緩和されている。グラスを扱う仕草ひとつをとっても優雅でスマートだ。何もかも計算されて作り上げられたような存在は美しいはずなのに、なぜだろう。リディアにはそれがひどく軽薄なものに感じられてならなかった。彼からは人工的な美の印象がする。

「――大切な方よ」

「彼とはいつから関係を持っているのです。その様子だと、よほどいいカモなのでしょうね」

「あなたに関係ないわ」

質問攻めの会話をにべもなく打ち切れば、何が不満なのかセルジュはムッと眉間に皺を寄せた。

「答えなさい、リリー。あなたに拒否権など与えませんよ」

対等でないことを誇示されれば、覚えるのはやりきれなさだ。リディアは渋々彼との関係を話して聞かせた。が、語ったそれらはすべて偽りのもの。

彼はリディアを男好きの女だと思っている。ならば、彼の思うとおりの女を演じよう。

ベナールとは彼が雨の日に道で行き倒れていたのを介抱してからの付き合いであること。丁度恋人に振られたリディアは成り行きで男女の関係を持ったこと。

「成り行き？　打算の間違いでしょう。あなたは初めから金の匂いを嗅《か》ぎ取っていたのではないですか」

揶揄され、嘲笑われる。

予想通りの反応のはずなのに、冷笑は胸を刺した。

「お好きに解釈してくれてかまわないわ」

何と謗《そし》られようとかまわない。彼が望むだけリディアを恨めばいい。

過去を忘れた彼に、今のリディアはさぞ浅ましい女に映っているだろう。ついでに、今は他にも恋人がいる、とまで言っておいた。

「街一番のホテルの御曹司なの。会う度に花束をくれるとても優しい人なのよ」

もちろん真っ赤な嘘だが、どうせつくならとことん嘘で固めてしまいたかった。戻らない愛を終わらせる為なら、苦手な男を恋人のように話すことだってできる。

（どうせ私は憎まれているんだもの）

セルジュの態度からひしひしと伝わる感情がある。そんな彼に何を語れというのだろう。

話したいことはたくさんあった。また会える日をどれだけ心待ちにしていただろう。きっと、次会う時はリディアを思い出してくれているセルジュであってほしいと願っていたのに。

今の彼に伝えたい言葉をリディアはひと言も持ち合わせてはいない。

心なしかセルジュの表情が剣呑《けんのん》さを孕んでいるように見えた。彼が望んだとおり、嗜虐心を満たす内容だったはずなのに、なぜ。

「ごちそうさま」

無意味な会話が居たたまれなくて、ナプキンをテーブルに置いた。来客があったのはその時だった。立ち上がったセルジュが応対に出た。

「リディアに会わせてくれ」

聞こえた声に驚き、扉へ顔を向ける。

「ベナール様っ!?」

「リディア！　あぁ、良かった。今日は一度も顔を見ないからどうしたのかと思ってたんだ」

セルジュの体の隙間から覗いた顔が、ぱっと華やいだ。

なんという間の悪さだ。セルジュが何か言う前にベナールを連れ出そうと扉へ駆け寄ると、セルジュが腕を出してそれを阻んだ。

「申し訳ありませんが、この部屋への訪問はご遠慮ください」

「オータン殿、彼女は私にとっても大事な人なんだ。君は昨夜、余計な詮索はするなと言ったが、みすみす彼女が傷つくのを見ているわけにはいかないんだよ」

「どうされると」

「君から救い出す」

あぁ、これでは火に油を注いでいるようなものだ。

ベナールの主張は受け取り方次第ではリディアの嘘を肯定しているようにもとれる。そして、セルジュの表情はリディアの懸念通りにベナールの言葉を受け取ったことを伝えてきた。

友人を放っておけないベナールの性格を知っているリディアには、彼の行動が善意からのものであることは分かっても、セルジュはそうは思わないだろう。

リディアの話と自身の思い込みから、完全にリディアをベナールの愛人だと勘違いしたはずだ。

両者の視線がぶつかり合った。挑むように互いを見据える眼光の鋭さが放つ緊張感。固唾を呑んで成り行きを見ていると、先に視線を外したのは、セルジュの方だった。

「あなたは何か誤解をされているようですね。彼女は望んでこの関係でいるのですよ。そうでしょう、リリー」

とんでもない嘘をさも本当のことのように語ったセルジュは、リディアの肩を抱き寄せる。目を見張るベナールに見せつけるように体に押しつけ、こめかみに唇を寄せた。

「この列車の中だけでいいからもう一度、愛してほしい。そう乞われました」

「……本当なのか、リディア」

驚愕に震えた声が、真意を尋ねてくる。

そんなはずがない、と言いたかった。けれど、リディアにはセルジュを拒絶できない負い目がある。

救済の手が目の前に差し伸べられているのに、縋れない悔しさを呑み込み、頷いた。

「ほ…んとうよ。私がお願いしたの」

だが、さすがにベナールの顔を直視して言える言葉ではなかった。

「私の潔白は証明されたでしょうか。これは合意の関係です。これ以上、私達にかかわるのはやめていただきましょう」

「オータン殿！」

「失礼、ベナール伯爵」

言い捨て、強引に扉を閉めた。直前、ベナールの悲痛な顔が印象に残った。

扉が閉まると同時に、彼はぞんざいにリディアを放り出す。テーブルに近づき、飲みかけの酒を呷った。

「ホテルオーナーの御曹司とベナール伯爵ですか。いったい、あなたは何人の男を手玉にとれば気が済むのです」

「わ、私が何をしようと」

「また〝関係ない〟ですか？」

詰られ、口を噤む。セルジュが鼻先で笑った。

「あなたにとってはただの金づるでも、彼はご執心のようですよ。恋人がいる部屋に堂々と乗り込んでくる無神経さはどうかと思いますが」

「何も知らないくせにベナール様を悪く言うのはやめて！　彼は素晴らしい方だわ。あなたのように人の苦痛を見て喜んだりしないっ」

「だから、体を許したというのですか」

「違うっ！」

咄嗟に、本音が出た。だが、セルジュはそれを拾わない。

「貞淑なふりをしながら、彼を誘ったのでしょう。彼の上でも乱れたのではないですか。あなたの体はどこも素晴らしいですからね。とりわけ男を咥える場所は名器と言ってもいい」

「やめて！　そんなこと聞きたくないっ」

耳を塞ぎ悲鳴を上げた。

卑猥な侮蔑《ぶべつ》なんて、もうひと言だって聞きたくない。

「彼を骨抜きにした手管を私にもご披露願いたい」

「セルジュ！」

「その名は捨てました」

グラスを置くと同時に引き寄せられた。塞がれた唇からは強いアルコールが流れ込んでくる。

「いやっ！」

咳き込み、腕の中から逃れようと身を捩る。が、体に絡まった彼の腕は、そう簡単に外れるものではなかった。もつれ合うように長椅子に押し倒される。

「ブランデーはお嫌いですか？　では、これはどうです」

セルジュはグラスから丸い氷を取り出すと、それをリディアの耳朶《じだ》に押し当ててきた。

「ひぁ……っ、んん」

上げかけた声はセルジュの唇で塞がれた。

嫌だと抗うも、すぐにうなじを滑り降りてきた氷の冷たさに体が強張る。身を固くした隙にワンピースのボタンを外された。

「あなたの淫乱さはそこかしこから滲み出ていますよ。例えば、この甘い香り」

むき出しになった肩に氷が滑る。その後をセルジュの舌が追いかけた。冷たさを慰めるような舌の温かさにぞくぞくする。

「ん、ん……んっ」

「……いい香りだ」

「や、ぁあ！」

両手で彼の体を押しやるも、覆い被さる体はびくともしない。

「私は淫乱じゃないっ」

肌を這う氷と舌の愛撫に震えながら睨めば、肌に彼の失笑が当たった。

「どうでしょうか。ほら、ここはもう硬くなってる」

「あぁっ！」

衣服の前を寛げられ、露わになった乳房の先端に氷を宛てがわれる。痛烈な刺激が脳天まで走った。

「いやっ、あぁ――っ!!」

「ベナール伯爵もこれに夢中だったでしょうね」

「やめてっ！」

「薄桃色の乳首に魅了され、むしゃぶりついた男がどれだけいました？　あぁ、なんていやらしいんだ」

「あぁ……っ」

吸いつかれ、口腔の熱さに悶えた。ばたつかせた手が彼の腕に当たり、その拍子に氷が零れ落ちた。服の中へ落ちたそれは丁度股の間で止まった。セルジュは服の上から氷を摑むと、それを秘部へと押し当てた。体温で小さくなったとはいえ、まだ十分形を保っている物体に、リディアの腰が振れる。

「これでも感じるようですね」

背もたれと肘掛けの隙間に背中を押し込まれると、手早くドロワーズを取り払われた。再び彼の手に戻った氷を今度は直接秘部へと宛てがわれる。冷たいはずなのに、氷を押し当てられた部分が爛《ただ》れるほど熱い。じゅっと音が聞こえてきそうなほど、熱《ほて》る感覚に全身がおかしいくらい跳ねた。

「あ……、あぁ、は……っ」

氷で蜜襞をなぞられ、その度に腰をくねらせる。足を閉じようにも間に入り込んでいる彼の体が邪魔でそれもままならない。はしたなく股を開いた格好に消え入りたいほどの羞恥を覚えた。

腕を突っぱね、どうにかして彼の愛撫から逃れようともがく。が、秘部を集中的に攻められ抵抗の力すら奪われてしまう。

どうしてもっと早く氷が溶けてくれないんだ、と喚きたかった。

「も……っ、やめて！　どうしてこんなっ。こ、婚約者にもこんなことをするのっ!?」

「まさか、彼女はあなたとは違う。純真無垢で愛らしい方にこんな酷いことができるはずがないでしょう」

「酷いっ、分かってて…やってるなんて！」

「酷い？　それはあなたにこそ似合う言葉だ。私を見限り違う男へ走ったのは誰ですか」

「だから誰がそんなことをっ！」

息絶え絶えの中、潤んだ目に力を込めれば、艶笑《えんしょう》を浮かべたセルジュが言った。

「報いを受けなさい、リリー」

「あぁぁ――っ！」

花芯に氷を押し当てられた瞬間、目の前に銀色の閃光が幾筋も瞬いた。

「答えなさい。なぜ私を捨てた」

「……ぅ、んん。はっ、あぁ……」

同時に蜜口へ挿し込まれた指が、リディアの感じる場所を擦りあげる。

「も……、やめ…っ、ぁあ、はぁっ！」

快感に腰をくねらせれば、耳殻に押し当てられた唇に「はしたないですよ」と咎められた。

羞恥と屈辱に泣きたくなりながら、ほくそ笑む彼をなけなしの矜持で睨みつける。が、
それもつかの間、襲ってきた快感にすべてが押し流された。

与えられる快感にのたくる腰が止まらない。

これが彼の望んでいることなのか。抱かれる度に彼に堕ちていくリディアを見ることで、彼の気は晴れるの。

婚約者にはしないと言った言葉が、受けている凌辱よりも深くリディアを傷つけた。きっと彼は昔リディアを抱いたようにシャルロットを抱いているんだと思うと、胸が潰れるほど悲しかった。

(離れたくなど、なかった)

五年前、もし彼の傍に居続けたら違う未来があったのかもしれない。だが、リディアは逃げ出すことで自らを守った。安易な道を選んだ報いだと誇られても仕方がない。けれど！

(ならば、教えて。私はどうすれば良かったの！　あなたはどうして欲しかったのっ)

突き飛ばされ濡れ鼠になったリディアを見ていた氷のような眼差しと、シャルロットだけが支えだと言わんばかりの姿を見せられ、リディアに何ができたというの。

手放したくなかったに決まっている。

人生を賭けて愛した唯一の人だもの。この先もセルジュ以上に愛せる人など現れはしない。それでも、手を放さなければリディアの心が壊れていた。

自分を必要としないセルジュを見続けることが、何よりも辛かった。

「また、考えごとですか。それとも愛しい男のことでも思い出しましたか？　ここを弄る指が誰のものであればいいと願いました？」

氷を蜜壺に押し込まれた衝撃に、一気に意識がこちら側へ引き戻される。目を剝き、体内で感じる冷温に絶叫した。一緒に入ってきた指が中で氷を動かすと、それだけで絶頂に追い上げられる。

「ひ……あぁぁっ!!」

「あ……、あっ、あ……」

「他の男を思い出せないくらい、感じさせてあげますよ」

がくがくと痙攣した体から指が抜ける。体内に残った氷がじわじわと溶けている様が鮮明に伝わってくる。それが絶頂の余韻を引き伸ばし、リディアは何度も体を震わせた。

蜜と溶けた氷で濡れた指を舐めたセルジュは、悦に入った表情でそんなリディアを見ている。

リディアが乱れるほど、彼は喜悦を浮かべるのだ。

くたりと弛緩した体は糸の切れた人形同然だ。胸に膝がつくほど足を折り曲げられると、おのずと腰が上がる。中で氷がさらに奥へと滑り落ちた。

「ひ……っ」

ブランデーを一口煽ったセルジュは、躊躇いもなく濡れた秘部へ顔を寄せ花芯を舐めた。冷たさから一転して皮膚が焼けるほどの高温に、達したばかりの体がおかしいくらいに反応した。ブランデーに浸された場所が熱くてたまらない。じんじんとした火照りにリディアはたまらずむせび泣いた。

「やぁ…っ」

蜜襞にブランデーを擦り込ませるように、執拗《しつよう》な愛撫が施される。蜜口に舌を差し込まれた刹那、また軽い絶頂を覚えた。指で花芯を嬲られながら舌で蜜口を弄られる刺激にどうしようもないほど翻弄された。

「あぁ……、あ…ぁ、ん。は…ぁ、あぁ」

「逃げられませんよ、リディア」

もう息をするのも苦しい。アルコールに充《あ》てられた熱は血脈をとおって全身をも酔わせた。今は触れられている場所すべてが敏感で、僅かな刺激にすら過剰に反応してしまう。

中途半端に乱された服、それはかつてのように全身に降り注いだ愛撫が消えた証であり、彼の愛が消えた証でもある。

今のリディアは彼の鬱憤《うっぷん》を晴らす為だけに在る。

「き……ら、い」

「恋人に向ける言葉ではありませんね。愛を紡ぎなさい」

「い……や、嫌い……なの」

(愛されていない、愛されていない……っ、もう愛されないのっ)

「こわ……してっ」

火照った体のせいか、意識までもが混濁してくる。自分でも何を口走っているのか分からなくなった。ただ、むせび泣き、体を渦巻く肉欲からの解放だけを願った。

リディアの嗚咽に交じり、セルジュが啜る蜜音がさらなる興奮を煽る。自ら指で蜜襞を広げセルジュの情欲を誘えば、美貌が色めいた。

「望み通り…壊してあげます」

かすれ声で告げ、宛てがわれた熱の塊にリディアは恍惚の表情を浮かべた。乾いた唇を舌で濡らし、セルジュにこの身の審判を委ねる。

ターコイズブルーの瞳には、ひどく淫猥なリディアが映り込んでいる。これが男を誘う表情なのだろうか。

「あ……あぁっ！」

狭い場所で体を裏返しにさせられ、背もたれに手を突かされた。直後、後ろから体を裂いたセルジュの欲望。

「はぁ……あぁ、あっ!!」

灼熱の塊が一気に押し込まれた鮮烈な刺激に、リディアは身も世もなく喘いだ。

始まった律動は腰骨に響くほど力強い。肌がぶつかる音がする度掻き出された蜜が牛革のソファへ滴る。

「あっ、あ……あぁっ、あん」

「……くっ、いやらしい体だ」

ワンピースの裾を煩わしげにめくり上げると、臀部を鷲摑みされる。背中の古傷に手を這わせ、親指でその部分を刺激されれば、快感とは違う痛みがリディアを襲った。

「やぁ、あぁぁ――っ!!」

「ここを開発したのは伯爵ですか？　それともホテルオーナーの息子の方？」

「ちが……、ぁあっ！」

「よく締まる。食いちぎられそうですよ」

「やめて……ぇ、あ……っ、あっ」

「私が欲しいと言いなさい」

「いやぁ……っ!!」

体を支える二の腕に力が入らない。痛みと快感で頭がおかしくなりそうだ。むき出しになった乳房が突き上げの振動に揺れる。最奥を穿《うが》つ一突きに頭の芯まで痺れた。

セルジュの陰に覆われ揺さぶられることに、言いようのない充足感がある。現実を忘れさせてくれる楽園があるなら、この場所がきっとそうなのだ。

快楽というもっとも堕落した欲に身を委ねることで、リディアはつかの間の幸福を得ることができる。

何も考えなくていい、何も見なくてもいい場所。

ただ、愛しい人の欲望を受け止め、その身を任せてしまえばいい。その後に押し寄せるわびしさや悲しみに今度こそ心が壊れてしまえるように、リディアはつかの間の快感に溺れる。

白み始めた意識で三度目の絶頂の兆《きざ》しを感じると、体は誘うように彼の欲望を締めつけた。セルジュの小さな呻き声に反応して、体の奥から新たな蜜が溢れ出てくる。

「は……あ、ぁ……ん!!」

愛のない行為なのに、どうしてこんなにも甘く切ないのだろう。

口元に這わされた指を夢中でしゃぶる。乳房を嬲っていた手が腰を固定すると、激しさが加速した。

肥大した質量にぶるりと体を震わせた刹那、体の最奥が吐精で濡れた。そのまま意識が遠ざかる。

(でも、愛し……てる)

落ちる瞬間、リディアは心がひび割れる音を聞いた。

☆★☆

——でも、愛し……てる。

零した囁きは、セルジュの耳に辛うじて届いていた。

(馬鹿な女だ)

犯されてもなお愛を口にする女を嘲笑い、吐精の余韻に息をついて、汗ばんだ額に張りついた前髪を掻き上げる。肉棒を引き抜くと、ソファに白濁が零れ落ちた。

(……クソッ)

またた。もう何度、この体に精を吐き出した？

女を抱くことはあっても決して子種を残す真似などしなかったのに、リディア相手だと自制が利かない。

弄んで捨てる為に呼び寄せたはずが、これでは自らドツボにはまりに行っているようではないか。

リディアから漂う、この甘い香りが理性をかき乱す。冷静であろうとするセルジュを嘲笑うかのように扇情的で男の欲望を煽る香りだ。彼女が快感を覚えると、途端に濃厚さを増しセルジュを刺激するのだ。

（苛々する）

リディアの取り澄ました表情も、彼女の周りをうろつくベナールの存在も、何もかもが腹立たしい。

しかも、一度火がついた欲望は、彼女の中で爆ぜない限り鎮まることはなかった。

すべての精を差し出せと言わんばかりの締めつけに、何度屈服させられたことか。その度に味わわされる屈辱感と充足感。にもかかわらず、繋がった瞬間に覚えたあの興奮は、他の誰とも経験しなかった感覚だった。

一度味わってしまえば、二度、三度と求めずにはいられなくなる。

リディアの体はまさに麻薬だ。

（これを求めていた）

体を繋げた瞬間、心が直感したあれは何だったのか。

求めていた？

そんなはずはない。リディアは負傷した自分を捨て、新しい男に乗り換えるような女だ。現に今も、恋人と称する男がいるにもかかわらずベナールを骨抜きにしている。

彼の必死さは痴情《ちじょう》からでないのなら、何だと言うのだ。

自分のことを話したがらないリディアはセルジュの問いかけにのらりくらりと言葉をはぐらかすばかり。二言目には「関係ない」と会話を終わらせてしまう。

（そうさ、関係などあってたまるか）

過去はセルジュにとって思い出したくないものだ。当然、その中にはリディアの存在も含まれている。

（求めているはずなど、ない）

ではなぜ、彼女にだけ理性の箍が外れるのか。

思い悩みながら、セルジュは崩れ落ちたリディアを抱き起こしソファに座らせる。すると、その華奢な体がぐらり…と傾いだ。

（危ないっ）

肘掛けに側頭部が当たる寸前で、その体を受け止める。抱いた時から感じていたが、なんて華奢《きゃしゃ》な体なんだ。

意識のない体でも軽い体は、難なく抱き上げられる。ベッドに横たえてから、纏わりつく不快感を洗い流そうとバスルームに足を向けて、もう一度、眠るリディアを見下ろした。

汗と体液で濡れているのはお互い様。

セルジュはバスルームに入り熱い濡れタオルを作ると、中途半端だった服をすべて脱がせリディアの体を丁寧に拭い始めた。

(こんな女、放っておけばいいじゃないか)

分かっていても、眠るリディアがあまりにも儚く映り、心の隅では憐れだと感じている。蔑みなのか同情なのか分からない、不可解な感情から目を逸らし、この状況に困惑しながらも、セルジュは何度もタオルを温め直しリディアの体を清めた。

☆★☆

重たい体を動かせるようになったのは、日も高くなってからだった。

起きると、食べそこなった朝食の代わりなのか、テーブルにはサンドイッチが用意されてあった。しかも、リディアの好きな生ハムが挟んである。

「おはよう」

セルジュは長椅子に腰掛け、難しそうな書類を読んでいた。起き出したことに気づいているのに顔を上げようともしない。

挨拶もされない関係に溜息を零し、椅子に腰掛ける。オレンジジュースをグラスに注ぎ、早速サンドイッチにかぶりついた。生ハムの塩気と一緒にサンドされているチーズの濃厚な味わいを、スライスしたトマトや葉野菜達がまろやかな味に仕上げてくれる。

（美味しい）

笑顔が零れた。

こんなことで喜べる自分が何だか可笑しくて、滑稽《こっけい》だった。どれだけ今の自分は優しさに飢えているのだろう。じわりと滲んだ涙を指で拭い、ひとりきりの遅い朝食を食べきる。

それから重い体を引きずりバスルームで昨夜の情事の名残を洗い流した。

あれだけ酷い抱かれ方をしたのに、不思議と体には不快感はなかった。首を傾げながらも、熱いシャワーを全身に浴びると、ようやく細胞が目を覚ました。

乗車して三日目。

その間にしたことといえば、セルジュに抱かれたことだけ。どうせ今のリディアにすることなどないし、セルジュも昨日一日、部屋にはいなかった。

（それほど嫌なら愛人になどしなければいいのに）

ふとテーブルに飾られた花に目が留まった。どことなく元気がない様子が可哀相だと思い花瓶を持ってバスルームに入ろうとすると、それは乗務員の仕事だと言われた。その言葉を無視して花瓶の水を入れ替えていると「切り戻しをするんですよ」と彼に手元を取られる。鋏《はさみ》を持ってくるよう言って、彼はもう一度花瓶から花を抜き取り、一本一本丁寧に茎を洗い始めた。リディアが手渡した鋏で切り口を新しくし、花瓶に戻していく。

パチン、パチンと小気味いい鋏の音。慣れた手つきは昔よく見ていた〝セルジュ〟だった。

彼自身、無意識の行動に違いない。けれど、体は花達の扱いを覚えているのだ。心なしかセルジュの横顔も穏やかに見える。

その姿に心臓がドクン…と音を立てた。目頭がぶわりと熱くなる。そこには確かにリディアの愛したセルジュがいたからだ。

――自分は彼からこれを取りあげたんだ。

垣間見せられた過去の残影に改めて犯した罪の重さを思い知らされた。

庭師として生きるか、起業家として生きるか、どちらを選ぶかはセルジュが決めること。だが、リディアはその選択肢の片方を奪ってしまった。

「できましたよ」

愁いに沈んでいたリディアは、声をかけられるまで作業が終わったことに気がつかなかった。差し出された花瓶を見て悲嘆が零れた。

(あぁ……)

花達には分かるのだ。花に携わることを止めた今でも彼が花を愛していることを。

(私はなんということをしてしまったの……)

リディアの軽率さが愛しい人を消し去ってしまった。その事実に心が押し潰されそうになる。

「――ごめんなさい」

花瓶を受け取り詫びると、セルジュは僅かに眉を寄せ「……常識ですよ」と言う。

悲しくて涙が出た。

すると、頬に冷たい感触が当たった。

息を呑み振り仰げば、セルジュも己の取った行動に面食らっていた。食い入るように見つめる視線の先で、狼狽の色をありありと浮かべたセルジュは気まずそうに頬に触れていた手を下ろし、横を向いた。

「これくらいで泣かないでください」

困惑めいた声で窘《たしな》められ、そうではないと心の中で呟く。悲しいのは目の当たりにした罪の重さに対してだ。

アベルと名を変えても、彼はやはりセルジュだ。瑞々しさを取り戻した花達の光彩がそれを証明してくれている。

(償わなくちゃ……)

何をおいても彼に償わなければいけない。

セルジュはさめざめと泣くリディアが煩わしいのか、嘆息を残し客室から出て行った。

ひとり取り残されたリディアは悔悟の涙を拭い、花瓶を元の位置へ戻す。

「良かったわね」

綺麗な水を与えられた花達に語りかけ、指で花のひとつを揺らした。ほっと息をついた時、来客を知らせるノックがあった。

(誰かしら?)

セルジュからは決して来客の応対はしないよう強く言い含められている。どうしようかと迷っているうちに、また扉が叩かれた。

「リディア、私。マリアよ」

思わぬ来訪者に驚き扉へ足を向けた。刹那、じくり…と背中に疼痛が走った。昨夜の無理な体勢と、セルジュからの責め苦で古傷の痛みがぶり返しているのだ。

彼はこの痛みを快感だと勘違いしているせいか、連夜にわたり傷口を嬲ってくる。痛苦と快感など間違えそうにないのに、快楽に呑まれてしまう間はその判断すら曖昧になってしまうものなのだろうか。しかもセルジュは、それを仕込んだのはベナールだと思い込んでいる。

昨夜のまるで恋人の不貞を責めているような口調にはあからさまな怒りがあった。あれではただの嫉妬だ。

(——まさか)

馬鹿馬鹿しい考えを追い出し、骨に響く痛みをやり過ごす。迷ったが、リディアは叱責覚悟で扉を開けた。

「マリア。それに、……アリス」

屋敷を出て以来、会うのは五年ぶりだった。

あの事件で気まずい関係になったまま別れてしまったから、どんな顔をすればいいのか分からない。当惑すると、マリアが苦笑した。

「良かった、出てきてくれたのね。さ、アリス。ご挨拶をして」

マリアの陰に隠れていた小さな子。アリスはリディアを窺い顔で警戒しながらも、スカートの裾を少し摘まんでみせた。

「……アリスです」

ありありと見て取れる渋々の挨拶に苦笑し、体を引いて、ふたりを中へ招き入れた。

「中へどうぞ。今、紅茶を用意するわ」

「いいの？　オータン殿は今……」

「彼は今出て行ったばかりよ。さぁ、入って」

招き入れ、呼び鈴を鳴らして乗務員に紅茶とオレンジジュースを頼んだ。勝手に注文したことに一抹の不安はあったが、お客様をもてなさない教育は受けていない。

（どうせ怒られるのだからいいわ）

リビングのソファに腰掛けたアリスは、珍しそうに部屋をキョロキョロと見渡している。

「アリス、お行儀が悪いわ」

マリアの声に、ハッとしたアリスと目が合う。その直後、顔を真っ赤にしてアリスが俯いた。

「ごめんなさい」

小さな謝罪に、頬が緩んだ。

ここは上流階級専用車両の中でもワンランク上の客室だ。物珍しさに駆られる衝動はよく分かる。かくいうマリアも室内を見渡し、ほうっと感嘆の吐息をついた。

「素敵な部屋ね」

「えぇ、そうね」

ソファに向かい合うように、近くの椅子を引き寄せ腰を下ろした。背中に負担がかからないように動けば、おのずと動作も緩慢になる。

「あなた、もしかしてまだ背中が痛むのではなくて？　大丈夫なの、顔色も悪いわ」

「ご心配くださりありがとうございます。けれど、大丈夫です。大したことはありませんから」

顔色の悪さは昨夜の情事のせいだ。とも言えず、曖昧な言葉でごまかした。

「お久しぶりですわね、マリア」

「えぇ、時が過ぎるのは早いものだわ。この子もすっかり大きくなった。あなたのおかげよ」

「私は何もしていませんわ」

命を懸けて守ろうとした命があった。彼女の代わりに自分がその役を担った、それだけのことだ。

少しの沈黙の後、マリアが言った。

「今日伺ったのは、ベナール伯爵から頼まれたからでもあるの」

「そうだと思いました。昨夜もお見えになっていましたもの。あの、マリア。ベナール様とは」

「いいの、あの人の世話焼きの性分は私も分かっているつもりよ。人一倍寂しがりなこともね。だから、あのことはもういいの。あなたには本当に申し訳なかったと思っているのよ。……ね、アリス」

　マリアの隣で、アリスが気まずそうに頷いた。

「ごめんなさい……」

　小さな声の謝罪にリディアは大丈夫だと首を横に振った。

「誤解が解けたのなら、もういいのです。それで、ベナール様は何とおっしゃっていましたか、私と……セルジュとの関係を」

「同意の上だと言っていたけれど、強要されている感じは否めない、と。私に真意を聞いてきてほしいとおっしゃったわ。彼ではまた門前払いを食らうだろうから」

　確かに、昨夜のセルジュの態度は硬質だった。

「オータン殿はあなたのことを思い出してはいないのよね。だったらどうして」

　そこで、頼んでいたお茶がやってきた。話を一旦止め、テーブルにお茶の用意をしていく。色とりどりの焼き菓子を見た瞬間から、アリスの目がキラキラと輝き出した。

「どうぞ、好きなものを食べて」

窺い顔でリディアを見て、それからマリアを見上げたアリスは、ふたりからの了解を得ると嬉しそうにクッキーに手を伸ばした。

「美味しぃ！」

それを見届け、「リディア達も紅茶を一口飲んだ。

リディアは、今のままでいいの？」

彼の気が晴れるまでこの身を差し出すことが、リディアにできる贖罪《しょくざい》なのだ。

「いいも何も、私にはどうすることもできません」

「もし、彼があなたを思い出さなかった時、あなたはどうするおつもりなの？」

「どうするとは？」

「いえ、その……」

言い淀んだマリアは、チラリとアリスを見遣った。

「アリス、少しの間お耳を塞いでもいいかしら？」

お菓子に夢中になっていたアリスはマリアのお願いに不思議そうな顔をしたが、頷いた。

「……実は、ベナール伯爵から求婚されているの」

「まぁっ、素敵なことだわ！」

思わずぱちんと手を叩いて喜ぶと、マリアはなぜか悲しそうに笑った。

「けれど、不安なの。あの方が妹を深く愛していた姿をずっと傍で見ていた分、私は妹の代わりなのかもしれないと思えてしまうの。彼が欲しているのは、私ではなくアリスの母であり、妹の現身《うつしみ》なのではないかと。どうしても彼が妹以外の女性を愛する姿が想像できないのよ」

「そんな、それではマリアはこのお話を断るおつもりなの？　好きなのでしょう、ベナール様のこと」

でなければ、五年前あんな目でリディアを見たりはしないはずだ。

彼女は密かにベナールへの想いを胸の内に隠していた。リディアも敵わぬ恋を抱いたからこそ、マリアの苦悩を感じることができた。

「えぇ、愛しているわ」

不安に駆られながらもはっきりと告げた口調に迷いは感じなかった。

「だからこそあなたに聞きたいの。あなたとベナール伯爵は友人関係だと思ってもいいのね」

向けられる真摯な眼差しは、一心にそうであることを願っていた。

あぁ、そうか。ここへ来たのはベナールにリディアの様子を見てくるよう乞われただけではない。マリアが抱えた不安を払拭《ふっしょく》する為だ。

マリアは求婚に歓びを覚えながらも、その一方でリディアとのことが今も引っかかっていたのだ。

その矢先の再会。リディアの今の境遇を知り力になろうとするベナールを見て、不安になった。彼の性格を知っていても、リディア達に恋が芽吹く可能性を恐れたのだ。

だが、それはマリアの杞憂《きゆう》だ。

リディアはセルジュ以外の人を心に住まわせることができない限り、ベナールを特別な目で見ることもない。ベナールもまた、リディアに向ける眼差しに宿しているのは親愛であり恋情ではない。

「もちろんよ、心からあなた達の幸せをお祈りするわ」

「……ありがとう」

ほっと肩をなで下ろしたマリアが、ようやく笑みを浮かべた。

「ねぇ、リディア。あなたさえ良ければ、私達があなたの力になるわ。彼が事故で記憶を失ったことに同情はするけれど、あなたのせいというわけではないと思うの。あれは不運の事故だった。悲しみを抱えたのは彼だけではないわ」

「それでも、私があの船に乗ると言い張らなければ、セルジュは記憶を失わなくて済んだわ。人生を変えることもなかった」

「けれど、すべてがあなたのせいではないわ。リディア、運命に立ち向かう勇気を出して」

「無理よ。勇気を出して飛び出したせいで彼の人生を変えてしまったのに、これ以上の勇気なんて出すべきではないわ」

リディアにできることは、彼の裁きを受けることだけ。昔のように前だけを向いて生きることなんて、もうできない。

「リディア……」

「マリア、まだぁ?」

痺れを切らしたアリスが限界を訴えた。

「ご、ごめんなさい。もういいわよ」

すっかり耳を塞いだままだったことを忘れていたマリアが慌てて手を放す。

「頭の中がクッキーの音でいっぱいになっちゃうかと思った」

可愛らしい不満に、リディア達はたまらず噴き出した。

話題の矛先が変わって、内心ほっと安堵する。

「美味しい?」

口にクッキーの粉をつけた愛らしい顔に微笑むと、アリスが少し顔を赤らめた。

「……うん、美味しい」

「良かったわ。たくさん食べてね」

自分も昔は目を輝かせてお菓子を食べていた頃があった。

あの頃から隣にはセルジュがいて、よく屋敷で出たお菓子をハンカチに包んでは彼のところへ駆けて行ったことを思い出す。

もうリディアだけの思い出になってしまった、遠い過去。

「……あのね、リディア」

過去へ思いを馳せてると、おずおずとアリスが呼んだ。が、それ以上は言い出しにくいのか、口を噤んでしまう。

何だろうと首を傾げると、「アリス」とマリアが小さな背中を押した。

「う、うん。あのね、……これ」

言って、ポケットから取り出したのは琥珀が埋め込まれたペンダントだった。

見間違えるはずがない。それは失くしたと思っていた思い出の品だ。

琥珀の周りを銀装飾が縁取ったロケットペンダント。中には若かりしリディアとセルジュの写真が収められている。

目を丸くして凝視すると、消え入りそうな声で「ごめんなさい」と言われた。

だが、どうしてアリスが謝るのだろう。

「この子、あなたがまだ目を覚まさなかった頃にこれを見つけて、少し借りるつもりで持ち出したきり、失くしてしまったそうなの。それがこの間、偶然屋敷から出てきたものだから大騒ぎになってしまって。事情を聞いたベナール伯爵に大目玉を食らったのよ」

「そうだったの」

「ごめんなさい」

「いいのよ、海に沈んでしまったと諦めていたから、とても嬉しいわ。ありがとう」

これは何の因果だろう。

消えようとしていた思い出がこのタイミングで再びリディアの手の中に戻ってきた。

「チェーンは取れてしまっていたから直したけれど、他は大丈夫よ。中の写真も無事だったわ」

開けると、まだ令嬢だったリディアと、控えめに寄り添うセルジュがいた。

思い返せば、この頃が一番幸せだったのかもしれない。

まだリディアを愛してくれていたセルジュを指でなぞると、涙が込み上げてきた。

（もういないのね……）

世界中どこを探しても、〝セルジュ〟はいない。

リディアは永遠に愛する人を失ってしまったのだ。

声もなく涙を零すと、それを自分のせいだと勘違いしたアリスがおろおろとし出した。

「リディア、ごめんね。ごめんなさい……」

違うのよ、あなたのせいではないの。

そう言いたいのに、込み上げる想いが多すぎて言葉にできない。ロケットを握りしめた手を唇に押しつけ、必死に涙を堪えようとするが、堰を切った感情は濁流となってリディアを呑み込んだ。

膝に小さな手がかかる。目にいっぱいの涙を溜めたアリスが一心にリディアを見上げていた。

「ごめんなさい」

救命ボートの上で母を呼び泣いていた子は、いつの間にこんなに大きくなったのだろう。

リディアを気遣い心を痛めてくれている優しい子をそっと抱き寄せれば、堪えていた思いが限界を超えたのか、リディアにしがみついて大泣きし出した。

「もういいの、いい子ね。アリス」

これからは、マリアがアリスとベナールを包んでくれるだろう。小さな子にはまだまだ母親の愛情が必要だ。幼い頃に母を亡くしたリディアは、母親に甘えられなかった寂しさを覚えている。この子は自分と同じ思いをしなくて済むのだと思うと、心から歓びと安堵が溢れてきた。

丁度そこへセルジュが戻ってきた。

扉を開けた途端、部屋中に響くアリスの泣き声に虚を衝かれた顔で突っ立っている。視線をリディアの腕の中で泣きじゃくるアリスに当て、何事だと疑問符を目一杯飛ばしていた。

「お帰りなさい」

普段なら絶対に口にしない言葉が出たのは、アリスの純粋さに触れたからだろうか。

「あ、あぁ。……ただいま。リリー、これはいったい」

自分が望んだことなのに「リリー」と呼ばれたことに小さな痛みを感じながら、マリア達を紹介する。

「驚かせてごめんなさい。こちらはベナール伯爵のご息女アリスと、彼女の伯母のマリア様よ。遊びに来てくださったの」

紹介を受けて、マリアがソファから立ち上がった。

「はじめまして、マリアです。アリス、ご挨拶して」

マリアの声に、泣き濡れた顔を手で拭い、アリスが愛らしい挨拶をした。

「アリスです」

「はじめまして、アベル・オータンです。ベナール伯爵にはお世話になっております。……それで、彼女とはどこで知り合いに？」

まさかベナールの愛人の部屋に彼の娘と伯母が訪ねてくるとは思いもしなかったのだろう。温和な口調はそのままで、だが慎重な問いかけに答えたのはアリスだった。

「リディアはね、わたしを助けてくれたの！」

得意気なアリスの言葉に、セルジュがまた目を丸くした。

「……どういうことかな」

騎士のように片膝をつきアリスと目線を合わせたセルジュに、アリスの興奮はさらに上がった。

「あのね、リディアは昔、お船の火事からわたしを助けてくれたのよ」

「お船の？　もしかしてカムイ号の事故のことですか？」

「うん、そうだよ。でもね、リディアはそこで怪我をしちゃって」

「アリス」

話し出したアリスを止めたのはマリアだった。

「さぁ、そろそろ帰りましょう。リディアの体を労わってあげないと」

「リディア、背中が痛いの？」

「大丈夫よ」

心配そうに覗き込んできた目を見つめ返し、優しく首を振る。

「行きましょう」

「リディア、また遊びに来てもいい？」

戸惑うと、「もちろんですよ」とセルジュが代わりに返事をした。

納得したアリスはマリアに手を引かれ部屋を出て行った。ばいばい、と手を振る可愛い子に手を振り返し扉が閉まる音を聞く。途端、部屋の空気が重たくなった。

「——あなたもカムイ号に乗船していたのですか。だとしたら、私に聞かせたベナールとの出会いは嘘？」

「だったら、どうだというの」

ばれた嘘を今更取り繕っても仕方がない。

そう開き直り、立ち上がる。力のかけ方を間違い、ツキン…と背中に痛みが走った。一瞬止まった動作を訝しんだセルジュが近づいてくる。

「具合が悪いのですか。背中に怪我を負ったと、……まさか、あの場所ですか？」

「傷は治っています。痛むのはあなたが無理強いするからよ」

そう言った声音はアリスに語りかけていた時とは比べものにならないほど、硬質だった。

ふたりの間に隔たる壁が消えたのはほんの一瞬。セルジュは伸ばした手を止め、ギュッと拳を作った。

「なぜ言わないのです」

「私を憎んでいるあなたには、些末なことだと思ったからよ」

「何を勝手な解釈を。私を非道だとでも思っているのですか」

「違うの？」

問いかければ、秀麗な顔が一瞬苦しげに歪んだ。

人を男好きだと嘲り、強引に関係を結んだ男を人は非道と呼ぶのではないだろうか。そうさせたのはリディアだが、あえて彼だけを悪者であるかのように詰《なじ》った。

そうだ、彼が自分を嫌ってくれる言葉を選ばなければ。すべて終わった時、彼が満悦《まんえつ》の笑みを浮かべられるよう、リディアは嫌われ役に徹する必要があった。こんな程度で彼の溜飲が下がるとは思わないが、今リディアにできることは報復を願う彼の望みを叶えることだけ。

真実を語ることなど、どうしてできるだろう。

「カムイ号の乗船名簿にあなたの名前はありませんでした。リディア・クレマン、それが本当の名前ですね」

ぽつりと告げられ、そういえばと思い出した。

「偽名を使ったもの。――そう、私のことは〝知って〟いるのよね」

過去などいらないと言ったのに、調べてくれていたことが嬉しかった。口端に浮かんだ歓喜を嘲りと取ったセルジュはほんの少し屈辱を表情に滲ませた。

「分かる範囲のことだけです。なぜ私達はあの船に乗ったのですか」

「聞いてどうするの、思い出したくない過去なのでしょう?」

自分でも意地の悪い言葉だと思った。セルジュは目を背け、「——嫌な人だ」と呟く。

今更な言葉に失笑する。

「そうよ、私はとても嫌な人なの。あなたを捨て、金持ちの男を渡り歩いている身持ちの悪い女。こんな女の話などどうせ嘘ばかりよ。それでも聞きたい?」

「リディア」

「いいえ、リリーよ。あなたがそう名づけたんじゃない」

よろりと立ち上がり、扉へと歩いた。

「私達の過去はもう私だけのものなの。記憶を持たないあなたには分けてあげないわ」

振り返り、その場に立ち竦むセルジュを見た。

初めて見る捨てられた子供のような表情に、罪悪感がよぎった。歩み寄ろうとしている彼を今度はリディアが撥《は》ねつけようとしている。

「どうして今頃現れたりしたの」

口をついた本音に、セルジュの表情が傷心に揺れた。そんな彼を置き去りにして、リディアは部屋を出て行った。

第四章

　セルジュは一歩も動けなかった。

　傷を抱えているのは自分のはずなのに、恨み言を吐いたリディアの方が辛そうに見えた。扉の向こうに消えた華奢な体が一層儚く映った。呆然とその後ろ姿を見送ったセルジュは今、再びラウンジに来ている。

　味わった苦々しさを辛口のマティーニで流し込み、椅子に背中を預ける。人差し指と親指で眉間を揉んでやりきれなさを吐き出した。ふと、目の前に人の気配を感じて顔を上げれば、神妙な面持ちのベナールが座していた。

「また、あなたですか」

　もはや体裁を取り繕う気もない口調は、どこまでも素っ気ない。うんざり顔でベナールを見遣った。

「彼女をどうするつもりだ」

いつにない硬い口調。彼が醸す気配の違いに気がつき、険のある物言いをせせら笑ってやった。

「私達にかかわるのはやめていただきたいと申し上げたはずです。それとも、愛人が自分以外の男に心変わりする様を見るのは苦痛ですか」

皮肉を言えば、ベナールがムッと眉間に皺を寄せた。

「君は何を勘違いしているんだ。失礼にもほどがあるぞ。彼女は愛人などではない。私の恩人だ。リディアがカムイ号の事故から娘を守ってくれたことは聞いたはずだ」

「えぇ。で、それが何か？　助けてくれた女性が若く美しかったから心奪われたとでも？　愛妻家が聞いて呆れる」

「奪われた」

「――ッ」

「と、言えば満足か？　君の言う通りリディアは若く美しい。そして、心の優しい女性だ。わが身に降りかかった不幸にもめげず他人ばかりを気遣い、決して人を恨んだりしない。年の差や妻を失った事実に関係なく、彼女に惹かれたよ」

「妻を失った……？」

聞き返すと、ベナールは眉尻を上げた。

「あぁ、私の妻もカムイ号に乗っていたんだ。妻は死の間際、リディアに娘を託した。彼女とはその時からの友人だよ。取引相手の事情くらい知っておくべきじゃないのか」

聞かされたリディアへの思いとセルジュに向けられた侮蔑の視線に、グラスを持つ手に力が籠った。

「どうした、悔しいか？」

「――いえ、夫人のことは残念だと思いますが、あなたの戯言など私にはどうでもいいことです」

「戯言、か。何を意固地になって無関心を装っているかは知らないが、その割にはリディアに執着しているじゃないか。躍起になって私を牽制するのは、悔しいからではないのか」

「まさか、ご冗談でしょう。私が何を悔しがっていると言うのですか」

はん、と鼻先で笑い飛ばしベナールを見据えた。ベナールもまたそんなセルジュを嘲笑する。

「冷静沈着を気取るには修行が足りないな。嫉妬心がダダ漏れだ。記憶は消えても魂はリディアを覚えている。だからこそ、君は彼女の周りをうろつく私が煙たいんだろう」

「違います」

「本当に何も思い出していないのか。五年だぞ、何かしらの違和感を覚えることはあったはずだ」

「生憎《あいにく》とそんな余裕もないほど充実した日々を過ごしていましたからね。――ありませんよ」

虚勢を張ってみたものの、それはでまかせにすぎない。違和感ならリディアと出会ってからずっとある。

「シャルロット嬢はよほど君を手放したくなかったようだな。大人しそうな顔をしてなかなかの狡猾《こうかつ》さだ。リディアの存在を君から完全に消したのか」

「彼女を悪く言うのはやめていただきたい」

「ほぅ、また立派な飼い犬に成り下がったじゃないか。それほど主の足下は心地好いか」

あからさまな挑発がセルジュを苛立たせる。ベナールはいったい何がしたいんだ。

この五年間、頭の片隅だけ常に霞がかったままだ。その中に過去があるのを感じるのに、セルジュは霧を取り去る術を見出せずにいた。しかし、リディアと同じ時間を過ごすようになり、少しずつ霧が薄くなっている気がしていた。

リディアには過去はいらないと言ったものの、実際のところセルジュ自身もどうしたいのか心が定まっていない。かつては思い出したいと願った。そして取り戻す為に奮闘し、馬鹿をみた。だから、やめたのだ。

過去がなくても自分には未来がある。積み上げてきたものは羨望《せんぼう》を浴びるほど輝かしいものばかりだ。なにより、自分の中には地位に対する強烈な執着心があった。おそらくその理由も過去の中にあるのだろうが。

彼が何の魂胆《こんたん》を持って自分を挑発しにかかっているか分からない以上、激情に駆られればそれこそ彼の思うつぼだ。

セルジュは呼吸を整え、ベナールを見遣った。

「消してはいけませんか？　用なしになった私を捨てたのは彼女の方だ」

「おもしろいことを言うな。それは誰の入れ知恵だ？　君達は駆け落ち同然であの船に乗り、運悪く事故に遭い離れ離れになった。君は記憶を失うほどの重傷を負い、彼女もまたあの事故で負傷した。傷が癒えようやく探し当てた恋人に会いに行ってみれば、君はリディアを忘れシャルロットに縋っていた。だから、彼女は逃げた」

「――何の話をしているのです」

聞かされた話にセルジュは眉を顰めた。

「君達の話に決まっているだろう。カムイ号の事故も、君が記憶を失くしたのもリディアのせいではない。あの事故で大勢の人間が死んだ。私の妻もそのひとりだ。妻は娘を抱きながら救命ボートに乗る列に並んでいたそうだ。だが、船舶が傾き、そこにいた人が床をなだれ落ちた。妻はその事故に巻き込まれて死んだんだ。そして、その中にいたリディアも重傷を負った。にもかかわらず、妻から託された娘を助けてくれたんだ」

「背中の傷はその時のものですか」

「私が避難所で娘を抱くリディアに会った時、彼女は土色の顔色をしながらもひたすら娘の名前を連呼し続けていたよ。〝この子はアリス・ベナール。誰かベナール伯爵を呼んで〟とね。救助者リストにリディアの名が乗らなかったのはそのせいだ。薄紫色の目だけは鬼気迫るほど殺気立っていた。子を守る手負いの獣のようだと思ったよ。なぜ、彼女がそこまでして娘を助けようとしてくれたのか……。のちにリディアに言われたよ、救える命を守るのは当然のことだ、と。だからこそ、私は負傷した彼女の代わりに君を探した。それが彼女のたったひとつの願いだったからだ」

「あなたが私を？」

「そうだ。事故から二か月後、私がリディアを連れてブノア邸を訪ねたことも覚えていないのか」

刹那、脳裏に記憶の閃光が一瞬瞬いた。セピア色したそれが映し出した僅かな記憶は、尻餅をついたずぶ濡れの女の姿だった。

(な……んだ、これは)

当惑を悟られないよう、眉間に力を込める。

「では、シャルロットが言っていた、リディアが連れてきた金持ち風の新しい恋人というのは、あなただったのですか」

「なんだそれは。いったいどんな嘘を吹き込まれたんだ」

聞きたいのは、こっちの方だ。

(何がどうなっているんだ。どれが真実なんだ)

意識がはっきりし出したのは、事故から随分経った後だ。それまでは毎日が朦朧としていてすべてが曖昧だった。

「ですが、なぜ二か月後なのです」

口をついた疑問をベナールが無言で諫めた。

「――背中の傷のせい」

「幸い医師から外傷は残らなかったと報告を受けているが、歩けるようになるまでにかかった時間が二か月だったんだ。彼女は目覚めてからずっと君の安否ばかりを知りたがっていたよ。心労で憔悴しきっていたリディアは、見ている私達の方が胸を掻き毟《むし》られるほど痛ましげで辛そうだった。まるで魂をすり減らして君の無事を祈っているようだったよ。だが、再会した君は彼女との記憶を失っていたばかりでなく、リディアを警戒し敬遠した。シャルロット嬢に至っては、彼女を声高に罵倒したよ。今更何をしに来たのか、とね。私は失意に崩れ落ちたリディアを抱きかかえ、屋敷へ連れ帰った。虚ろな目をした彼女は抜け殻のようだった。それきり、彼女は二度と君に会いに行きたいとは言い出さなかった」

「やめてください」

一気にまくし立てられた過去に、頭がついていかない。手を掲げ、ベナールの言葉を止めたが、動悸で息苦しかった。

「それが私の過去だと？」

シャルロットから聞いた話とは違う過去に、完全に頭が混乱している。

ベナールは呆れ顔で睥睨《へいげい》した。

「私は君の居所を探す傍らでリディアのことも調べた。もし、彼女にご家族がいるのなら彼女の無事を報告する義務があるからね。リディア・クレマン。東の大陸シュトルヴァアから来たクレマン子爵の令嬢で、君はそこの庭師だった。セルジュ・カーター、それが君の本当の名前だ。君達は当時、駆け落ち同然でカムイ号に乗り込み、あの火災事故に巻き込まれた。それが事実だ」

「な――」

それ以上の言葉は喉の奥に絡まり出てこなかった。

絶句すれば、冷笑を投げつけられた。

「君はよほど今の暮らしに満足しているようだな。カムイ号の航路を辿れば、君達がどこで乗船したのかも予想がつくだろう。リディアの立ち居振る舞いは明らかに高い教養を受けた賜物《たまもの》だ。シャルロット嬢からどんな説明を受けたのかは知らないが、それを鵜《う》呑《の》みにし、忙しさを理由に片手間な情報収集をするからだ。いいか、君が捨てようとしている過去の中には、人生を失った女性がいるんだぞ。君との未来を夢見て、すべてを捨てたリディアの存在がな。リディアが君を捨てたんじゃない、君がリディアを忘れたんだ」

(手を放したのは私の方だったのか……?)

「ですが、私はこの目で見ました。彼女には確かに新しい恋人がいた。それは彼女自身も認めたことです」

自分の知るものとは違う過去を広げてみせたベナールに、必死に言い繕う。確かに店の前でキスを交わす彼らを見たのだ。

「相手はトゥインダのホテルオーナーの御曹司です」

「もしかしてロギーのことか？」

なぜ彼がロギーを知っているのか。

「あそこのホテルはブノア家ご用達《ようたし》だ。ロギーは昔からシャルロットにご執心だと伯爵から聞き及んでいる。肝心のシャルロットにはその気はないようだが、……なるほど。彼もまたシャルロットの手中の駒というわけか」

「お嬢様は打算的な方ではありません。私を支えてくれた心優しいお方です」

「ならばなぜ今頃になってリディアにかまう？　シャルロットを愛しているのなら、もう関係ないはずだろう」

なぜ。

それはセルジュ自身が自問し続けている言葉だった。

見限られたことが許せなかった。リディアが自分以外の男に触れられている場面を見て報復を誓った。見返してやろう、その一心でこの画策をした。

思惑通りリディアを陥れ、その体を暴いて気が晴れているはずなのに、苛立ちは膨らむ一方だ。

無意識に胸元に手を当て、そこにあるはずのペンダントを探す。身に着けてはいなくても、ペンダントを触る仕草はずっとあった。シャルロットに指摘されるまで、セルジュ自身も気がつかなかった癖《くせ》。心が揺らいでいる時は、必ずと言っていいほどペンダントを触っていた。

「この際だから言わせてもらうが、君が今の地位についたのは実力だけだと思っているのか？　たった五年だ。血を吐くような努力をしたとしても星を掴むほどの幸運だぞ」

「――何が言いたいのですか」

「誰かに操作された時間だったと考えるべきではないのか。それも、強大な権力を持った誰かにだ」

ベナールが言わんとすることが伝わってくる。

けれど、セルジュにそれを受け入れられるだけの余裕はなかった。押し黙ると、やれやれとベナールが肩の力を抜いた。

「それでも彼女を恨むと言うのなら、私はもう何も言わないよ。合意の上の駆け落ちだったんだ。リディアにも非がないわけではないからね。だからこそ、彼女は身を引いたんだろう」

「彼女をよく知っている、とでも言いたげですね」

訳知り顔でリディアを語るベナールが憎らしかった。

「当然だ。今は君よりも彼女のことを分かっているつもりだよ、オータン殿。――この先、君が信じる話が君にとっての真実になるだろう。だが、リディアをまだ蔑ろにするというのなら、前に言ったとおり、こちらにも考えがあることを忘れないでくれ。私は誰よりも彼女の幸せを願う男だ」

それだけ言うと、ベナールは用が済んだとばかりに席を立った。

「待ってください。リディアの……、クレマン子爵はリディアを探してはいないのですか」

「勝手に出て行った娘など、娘ではないそうだ。君の父親には今の活躍を伝えておいたよ。応援している、そう伝えてくれと言われていた。君は実にいい父親を持っているね。そうそう、ついでにもうひとつ面白い話をしてやろう」

ベナールが語ったのは、セルジュの父から聞いた、クレマン子爵の知られざる父親としての思いと苦悩だった。もともと愛情表現が不器用なクレマンは妻を亡くして以来、娘との接し方に戸惑っていた。優しい言葉をかけてやることもできないまま、年を重ねるごとに親子の間には見えない壁が生まれていた。

彼はリディアのセルジュへの恋心に薄々気がついていたという。だからこそ、彼はリディアを厳しく躾けた。いずれ彼と夫婦となる時、夫を支える力をつけさせる為だという。

嘘にしては真実味がありすぎる話にセルジュはぐうの音も出なかった。会話のはじめに見せていた虚勢はすっかり消え失せている。

「いいか、決して忘れるな。君は運のいい男だ。手にしている不運が幸運だと気づくことを祈っているよ」

「……どういう意味ですか」

「叶うなら私ももう一度妻をこの腕に抱きたかった、と言うことだ」

言い残し、ベナールはラウンジを出て行った。

(どういうことだ……)

息をするのも忘れていたと気づいたのは、再びひとりになった時だった。

胸につかえる重苦しいこの感情は、何だ。

セルジュはジャケットの内ポケットから琥珀が埋め込まれたロケットを取り出し、中を開いた。収まっているのは椅子に座る少女と、傍らに立つ自分の姿を写した写真。

これがいつ、どこで撮られたものかも思い出せないが、どうしても捨てられないまま持ち歩いている。

(リディア)

髪の長い少女をそっと指でなぞる。

(何が本当なんだ)

怒涛《どとう》のごとく押し寄せた、もうひとつの過去。

愛した記憶は無くても、この写真の中には確かに自分の過去が写っている。

ロケットを見つけたのは、ブノア伯爵が飼っている愛犬の宝箱からだった。光るものを集めては掘った穴に埋めるのが大好きなやつで、中庭の隅にあった穴の存在を知っていたのは、掘った本人とセルジュ、あとは庭師くらいだっただろう。

当時、何をしていても霞がかる頭の中のもどかしさは中庭にいる時だけ薄らいだ。その日も庭の片隅で持ってきた宝物をせっせと穴に隠している犬の姿を見つけた。いつもなら笑って見過ごすのだが、きらりと光った琥珀色の輝きに目が留まった。

それは埋め込んだ琥珀を銀装飾で縁取ってあるペンダント。片側についた蝶番《ちょうつがい》にロケットだと気がついた。手に取った瞬間、ひどく懐かしい感じを覚えた。

その瞬間だけ、頭の中の霧が一瞬晴れた。

感情に促されるまま中を開ければ、収まっていたのは自分と知らない少女の写真だ。

長い髪の少女はハッとするほど美しく、射抜くような目の強さにしばし釘付けになった。

アッシュブラウンの髪と、薄紫色の瞳。白黒の写真でも彼女の姿だけが色鮮やかなものとなって見えた。

なぜ自分が見たことのない少女の容姿を知っているのか。

どうして自分と共に写っているのか。

セルジュを探してやってきたシャルロットにペンダントを見せた途端、彼女は表情を一変させた。

「答えてくれ、これが僕の失くした記憶なのか。この少女は？　僕はいったい、誰なんだ」

シャルロットはその問いに答えることなく、ロケットを奪い取ると脱兎《だっと》のごとく屋敷へ駆けて行った。

それからは、シャルロットとの攻防の連続だった。

ロケットをどこかへしまい込んだシャルロットに、どうにかして返してもらうことを画策する日々。

ようやく見つけた過去への糸口だ。どうしても取り戻したかった。

シャルロットはそんなセルジュにある条件を突きつけた。彼女の父であるブノア伯爵の事業を手伝い成功させれば、ロケットも返すし、彼女が知りうるセルジュの過去も話すというのだ。

半ば脅迫じみた条件だったが、セルジュはそれに飛びついた。

それから四年半かけて事業を学び、ノエリティ社社長にまでなった。無理矢理、過去を聞き出すこともできたが、恩人でもあるシャルロットに手荒なことはしたくない気持ちが勝った結果だ。

寝る間も惜しんで事業に心血を注ぎ、ようやくロケットを手にした時、シャルロットから信じがたい話を聞かされた。

『あなたはカムイ号という客船の火災事故に遭い、私達が遭難しかけたあなたを救ったの。しばらくしてこの人がわが家にやってきた。どこかからあなたの居場所を聞いたのね。見るからに金持ち風の男性と一緒だったわ。地位のある方のようにお見受けしたけれど、私にはその方が誰かまでは分からなかった。彼女はあなたが負傷しただけでなく記憶を失っていることを知ると、私に言ったの。〝あなた、彼が好きなのね〟と』

リディアはシャルロットに譲渡金と称して金を要求してきたという。

『用無しになった男でももとは私のものだったのだから、ただで譲るわけにはいかないわ』

セルジュに寄せるシャルロットの恋心を感じ取ったリディアは、さも当然と言わんばかりに多額の金を要求してきた。そして非情な脅迫にシャルロットが屈したのは、セルジュへの思いが彼女の言う通りだったたから。

「あなたが好きなの」

ひと目見た時から、あなたが好きだったとシャルロットは告げた。しかし、その言葉はセルジュの耳を通り過ぎて行った。聞かされた事実はそれほど衝撃的で、けれどいったい自分が何に動揺しているかも分からなかった。

胸に縋るシャルロットを抱き止めながらも、頭の中は聞かされた過去でいっぱいだった。信じられない。

シャルロットの言葉を疑うわけではないが、聞かされた話を本能が拒絶しているのだ。

何が本当なのか知りたい。

その願いは心に深く根づき、セルジュの夢となって現れるようになった。それは必ずロケットを握って眠ると見るセピア色の夢だった。

断片的に見る少女はいつもその表情をセルジュから隠している。微笑まれていることを感じるのに、肝心の表情が見えない。耳に届いているはずの声が聞こえない。彼女の言葉に頷き笑っているのに、目覚めると彼女の声を覚えていなかった。

夢の中で抱き寄せた気がする。

自分の手を見つめ、それが現実なのか己の妄想なのか、セルジュには分からなくなっていた。

ロケットの写真が語りかける真実の声が、セルジュには聞こえない。

彼女は誰だ。本当に彼女は自分を捨てたのか？

シャルロットの言葉通りだとしたなら、自分はなんでカムイ号に乗っていたんだ。

（会いたい）

さまざまな感情が入り混じり、たどり着いた答えがそれだった。

リディアに会い、彼女の口から過去を聞きたい。消えた時間を思い出したかった。

セルジュは仕事をこなす傍らでリディアの行方を捜した。だが、リディアの情報はどこからも入ってこない。シャルロットも彼女の名前しか知らなかった。

普段は明朗なブノア伯爵もリディアの話になると口を重く閉ざしてしまう。

彼女がどこの生まれで、何をしているのかも分からない。恋人ならば一緒にカムイ号に乗っていたかもしれないと思い、手に入れた乗船名簿でリディアの名前を探すが、それらしき人物の名は記載されていなかった。

霧のようなリディア。

何の足取りも摑めないことで、実は存在しないのではないかとすら思えてきた。

悶々とした数か月が過ぎ、半ば諦めかけていた時に偶然リディアの名を耳にした。夜会に来ていた貴婦人の着ていたドレスが話題に上がっていて、それはリディアと言う女性が作ったドレスだという。まだうら若く薄紫の瞳を持つという人物像に、セルジュはすぐ彼女のことに違いないと思った。

　得たリディアの情報を基《もと》に、あの町へ出向いた。

　シャルロットはセルジュの行動を黙認していたが、この時だけはついていくと言って聞かなかった。

　目印はショウウインドウに飾られたリリーの花。リディアの店はいつもリリーを飾っていると聞いたので、見つけるのにはそう手間はかからなかった。

　馬車の中から様子を窺っていると、肩上で揺れるアッシュブラウンの髪をした女性が男と共に店から出てきた。髪の長さは違えど夢で見た少女と瓜二つな造作に、彼女こそが自分の探しているリディアであると確信した。

（いた）

　ようやく見つけた過去への手がかり。それ以上の興奮と歓喜がセルジュを満たした。が、その気持ちはすぐに奈落《ならく》へと突き落とされた。

　リディアはセルジュの目の前で、男と口づけを交わしていたのだ。

（な――っ）

　鈍器で後頭部を殴られたような衝撃に、一瞬目の前が真っ赤に染まった。

　思わず窓から目を外し、足下を見据えた。

　動揺を堪えるも、愕然とした思いが思考を麻痺させる。

　グリーンバイツから遠く離れたこの街で、リディアはあの男といたのか？

過去を思い出せないことで苛まれている間も、彼女は手に入れた幸せの中で暮らしていたというのか。

「だから、やめておきなさいと言ったでしょう」

静かな声はセルジュへの労りに満ちていた。

あぁ、シャルロットはこの結末を知っていたのだろうか。だから、わざとリディアの存在をはぐらかし続けたのか。

ブノア伯爵の事業に加わるよう言ったのも、セルジュが活路を見出す足がかりになると思ってくれたからなのか。

「お嬢様」

シャルロットはセルジュの苦悩を悲しみ、涙に揺れる瞳を覗き込んでくる。

「もう、いいでしょう？　彼女のことはどうか忘れて」

シャルロットの言葉が正しかったのだ。

それに疑いを持った自分はどこまで恩知らずで、愚か者だっただろう。彼女の言葉を信じず過去を探そうと足掻く自分の姿に、どれだけこの少女の心は傷ついてきたか。

それでも何も言わず静観してくれていた心の広さに、己の小ささを見せつけられた気がした。

「……申し訳ありませんでした」

彼女との婚約に頷いたのはそれからしばらく経ってからだった。

ひとりの女性として愛していなくても、シャルロットには返し切れないほどの恩義がある。激しく燃えるような思いはないが、穏やかな時間ならば過ごして行けるのではないか。なにより、彼女がそれを望んでいるのならばと承諾した婚約だ。

記憶を失いながらも、自分ほど恵まれた人間は誰もいないはずだ。

（これでいいんだ）

過去に囚われるのはやめにしよう。そう思うも、どうしても捨て切れないリディアへの情があった。

果たしてリディアは今も自分を覚えているだろうか。

しがない洋装店に勤める平凡な女。セルジュを訪ねてきた時は金持ちの男を連れていたというが、それが店先で口づけていた男だとは限らない。

シャルロットを脅迫して得た大金があるなら、今頃悠々自適な暮らしをしていてもおかしくはない。

（金が尽きたのか）

豪遊で底をついたのだろうか。それとも男にねだり手に入れた店なのか。

のちにあの男がトゥインダのホテルオーナーの息子であることを知った時は、一貫した恋人の基準に呆れた。そこまでして金づるが欲しいのか。

しかし、どちらにしろ、こんなへんぴな街の洋装店で細々と貴婦人達のドレスを縫う毎日にある幸福など、たかが知れている。それに比べれば、自分はどうだ。

成功し、金も名声も得た。どちらが満たされた今を生きているかなど、誰の目から見ても明らかだった。

会いに行ったとして、彼女が再会を望んでいたと思うか？

心を掠めた猜疑《さいぎ》という思いの摩擦熱が発した火花。チリッと焦げつき、それは深く根づいたリディアへの思いへ飛んだ。火種となり、じわり…じわりと静かに煙を上げる。徐々に大きくなる炎はやがてどす黒い煙を吐き出すまでとなり、セルジュの心を暗雲で覆った。真っ赤に燃え盛る炎はリディアへの思いを吸って燃え盛る。

(望んでなどいるものか)

負傷したセルジュを労わることなく見捨てた女が、再会を望むはずがないだろう。真っ黒な煤《すす》に覆われた心を占めるのは、リディアへの猛烈な怨嗟《えんさ》だけ。

(ならば、果たしてやろう)

今の自分を見て、逃した獲物の大きさに悔しがるがいい。彼女へ抱いた情などきっと過去への郷愁のようなもの。そんなもの今の自分には必要ない。すべて絶ち切ってやる。

自分が女性に好まれる外見であることは五年あれば十分理解できた。この身と今の地位があれば、必ずリディアは食いつく。

好きなだけ甘い蜜を吸えばいい。今度こそ自分から離れられなくなればいい。

そうして、惨めに打ち捨ててやる。

(――そう思って始めた茶番だった)

彼女の思い込みを利用し、恋人のふりを装い、奈落の底へ突き落とす。たとえ魂胆がばれたとしても、列車が走り続ける限りセルジュの報復は続く。身も心も弄び、終着駅につく頃には、ぼろ雑巾となったリディアを捨て、自分は何事もなくこの道を歩き続ける。

……はずだった。

しかし、今になって胸を焼く炎に翳りが見え始めている。

ベナールが語ったこと、アリスの言葉、シャルロットの証言。時折見え隠れする記憶の断片。自分にはどれが真実なのか判断がつかない。

唯一真実を知るリディアが硬く口を閉ざしている限り、セルジュには判別のしようがないのだ。

リディアの心を知りたかった。

仮にベナールやアリスの話が真実なのだとしたら、愛人に甘んじている理由はなんだ。どうして自分は、リディアの言動ひとつに振り回されるのか。気を失ったリディアを介抱し、見せられた涙を指で拭った不可解な行動はどこからきている。

アリスに微笑みかけた彼女の姿は、性悪な女の横顔には到底見えなかった。失意に満ちた薄紫の目が語っていた言葉はどうしてこんなにも心をかき乱すのか。

嫌だと泣きながらも、体はセルジュを求めてくる。肌を合わせている間の充足感はリディアとでなければ味わえない。

我を忘れて求めてしまうのも、彼女だけだ。

娼婦のように扱ってやるつもりだったのに、気がつけばその肌に唇を這わせて紅い華を咲かせ、溢れる蜜を夢中になって啜っている。伝わる肌の滑らかさを堪能したいが為に彼女のすべてを弄る。嫌いと言われた言葉を訂正させたのも、自分を求める言葉を強要したのも、何もかも理性とは相反する感情がさせたこと。

（なぜ何も語ってはくれないんだ。リディア――）

喉を焼くアルコールに顔を顰め、インディゴの空をいつまでも見つめていた。

☆★☆

リディアは展望車から流れる夜景を見ていた。

インディゴの布地一面にクリスタルを散りばめたような夜空に静謐《せいひつ》を醸す下弦の月。車両の中とはいえ十二月の寒さにぶるりと体が震えた。せめて羽織るものを一枚持ってくるべきだった。

「寒い……」

手のひらを口の前で合わせて、はぁっと息を吹きかけ呟くと、

「こんばんは」

ふわりと温もりが背中を包んだ。男性物の香水の香りと優しい声音。渋みのある造作と彫りの深い眦《まなじり》に輝く鳶色の双眸。

「ベナール様」

「こんなところにいたら風邪をひいてしまうよ」

「ごめんなさい」

ベナールは呆れ顔でリディアの隣に立った。日中は賑わうだろう場所も、今はリディアとベナールしかいない。

「彼とうまくいってないんだな」

窓際に腰を下ろし、ぽつりと問われた。

「……ええ。私、恨まれてました」

苦笑と共に吐き出すと、体の力まで抜けた。

「仕方がないのです。理由はどうであれ、セルジュが一番支えを必要としている時に逃げ出したのは事実ですもの。五年経ち、見違えた姿になって現れたあの人が望んでいることは私の苦しむ顔を見ることでした」

「彼がそう言ったのか」

リディアは力なく頷くと、はぁっと盛大な溜息を吐いてベナールが項垂れた。

「また随分とひねくれたもんだな。……それで、リディアはどうするつもりなんだ。いいのか、今の関係の結末は私にだって分かる。不幸しかない未来を選ぶというのか」

「それでも私にはこの道しか選べません」

彼の憎悪を知った今、リディアに選択権などない。それほどセルジュの憎しみの根は深いのだ。

「……ベナール様が私なら、どうされてました？　奥様が違う人を選んでも傍にいる選択をされましたか」

「どうだろう。彼女が他の男に目を向けること自体、考えられなかっただろうな。たとえそれを目の当たりにしても私は決して認めないし、受け入れなかったと思う。生きていてくれさえすれば、という選択肢は私の中にはないよ。無理矢理にでも連れ戻し屋敷に閉じ込めたはずだ」

「乱暴ですのね」

「はは、妻にも散々詰られたよ。結婚にこぎつけるまでのやり方がちっともスマートじゃなかったと言ってね」

当時を思い出し、ベナールがひとり滲み笑った。

「けれど、君の愛はそうじゃない。自分よりも他人を重んじる愛だ。時には強く、だが自《じ》虐《ぎゃく》的な愛。だから君は今、そんなに辛そうな顔をしているんじゃないのか」

「自虐的、……ふふ。そうなのかも知れません。気持ちに目を背け、逃げ出した私を罰してくれる人を探していたのかも」

「それが彼だった？」

「分かりません。あの人は随分な偏見の目で私を見てますもの。私は金持ちの男を渡り歩く男好きな女なのだそうです」

「凄いな、悪女の典型じゃないか。どこからそんな発想が出てくるんだ。だから私の愛人だと思ったのか」

「さぁ、彼は私があの人を捨てたと思っています。……どなたかからそう聞かされたのでしょう。それに、ベナール様の世話好きの性格を彼は知らないのです。あなたは困っている方を見ると放っておけない人ですもの。聞きましたよ、マリアに求婚されたんですってね。あなたが私をかまうからとても不安がっていましたわ」

「そ、そうか。……うん、気をつけよう」

マリアの名を出した途端、声色に焦りが滲んだ。

「好きな人にはいつだって自分だけを見ていてほしいと思うのが女です。愛している以上の愛で愛してほしい。そうでないと不安になるんです」

「な、なるほど」

「マリアに求婚したのは、奥様に似ているからではありませんよね」

「もっ、もちろんだ！　彼女は例えるならその……、そう！　今夜の月のような人なんだ。気がつけばいつも静かに私達を見守ってくれている。太陽ほど強い主張はなくても、かけがえのない存在だ」

胸を張って惚気《のろけ》られても、あてつけにしか聞こえない。

「幸せそうでなによりですわ。でも、そういう言葉はマリアに言って差し上げてくださいね。今の質問はマリアからですわ」

言葉足らずだと窘めれば、ベナールは年甲斐もなく口を尖らせた。

「君も大概世話好きじゃないか。それではいつまでたっても自分の幸せを逃してしまうぞ」

「私はこれでいいんです。もう誰も愛せないことも知ってますもの」

「それほどまでに彼が好きなのか」

その問いかけに、リディアは静かに笑った。

「リディア、私は君の力になりたいんだ。幸せになってほしいと思っている。その気持ちは五年前から変わっていないよ。辛いのなら私にだけはそう言ってくれないか。叶えられることならなんでもしよう」

ベナールがリディアの頬を指の背で拭った。瞬けば、「泣いているよ」と悲しげに言われる。

涙を流していることにも気がつけなかった。

「ところで、何を持っているんだ?」

ずっと握りしめていたロケットを思い出し、リディアは手のひらを広げた。それを見て、ベナールが気まずそうに苦笑いした。

「すまない。アリスにはうんと言って聞かせたから、どうか勘弁《かんべん》してやってくれないか」

「大丈夫です。失くしたと思っていたものですから、こうしてまた戻ってきただけで嬉しいんです」

これだけがリディアに残された思い出の形なのだ。

「つけてあげよう」

ベナールがペンダントの留め具を外し、首の後ろに手を回した。抱き合うような格好で近くなった体温にほんの少しだけホッと心が和んだ。リディアは大切な思い出を服の下へしまう。

「さあ、冷えるといけない。そろそろ部屋へ戻ろう」

「どちらの部屋にですか。ベナール伯爵」

直後、闇を裂いて鋭い声が飛んできた。ハッとして声の方を見遣れば、セルジュが射抜くような視線を投げつけている。

「あなたの親愛は少々度を超しているようですね」

足音荒くふたりの間に割って入ると、リディアの体を覆っていたジャケットを邪険に突き返した。

「――私のものに触れるな」

ベナールの腕からリディアを奪い取り、吐き捨てる。リディアは引きずられながら部屋に連れ込まれ、荒々しく扉を閉められた。

「あなたは何度同じ過ちを犯せば気が済むのですか」

彼から立ちのぼる仄暗い怒りに、リディアは歪んだ微笑を浮かべることしかできなかった。

第五章

どれくらいの間、彼女の中にいるだろう。

何の体液かも分からなくなった液体が、肌の間でぬち、ぬちと音を立てている。後ろ手に拘束され目隠しで視界を覆われたリディアは後ろからの突き上げに、朦朧としながらもひたすら嬌声を上げていた。

「き……らい、だい……嫌い」

なんて憎たらしい。いくら訂正させても、彼女は何度もその言葉を口にする。

後ろ向きにセルジュを跨ぐ格好で穿たれるリディア。拒絶の言葉を零しむせび泣きながら自らも腰を揺らめかしているくせに、どの口で「嫌い」と言っているのか分かっているのか。

「言い直して。〝愛している〟でしょう」

堕ちてこない心に苛立ち、最奥を何度も抉った。

「ひ……ぁ、あ……あ、ぁん!!」

それでもリディアは嫌だと首を振り、送り込まれる律動にまた乱れる。

「あ……、んぁっ！」

ビクン、と体が硬直しリディアが限界を超えた。屹立を締めつける肉壁の圧にくっと息を呑み、セルジュも絶頂を迎える。

「あ……、あ…ぁ」

弓なりにしなった上半身がそのまま前方に崩れかけた。体を起こし腕を引いてやれば、弛緩した体は容易くセルジュの腕の中へ収まった。

蒼白い月の光がリディアの白い肌を照らしている。無数に散った赤い華の数だけ彼女を卑しめる言葉を口にした。報復が咲かせた華は鮮やかに白い肌に浮かび上がり、妖艶な色香を放っている。誘われるようにうなじに口づけ、またひとつ痕を残した。

「……はぁ」

寄り添う重みのなんと心地好いことか。憎むべき女に安堵を覚えるなどどうかしているけれど、腕の中に収まる温もりを放したくなかった。

ベナールに肩を抱かれている姿に気が狂うかと思った。経験したことのない猛烈な激情が理性を狂わせ、牙をむき出しにしてリディアを貪った。

誰に抱かれているかを体に覚え込ませる為に、視覚を奪い、自由を制限した。言葉と指で彼女を追い詰め、触れていない場所が無くなるほど彼女の体を舐めまわした。弄られ詰られながらも高められる快感にリディアは半狂乱になって悶絶し、許しの言葉を叫んでいたが、やがてそれはセルジュを拒絶する言葉へ変わった。

大嫌い。

もう何度も言われているのに深く胸を抉った言葉に動揺している自分が苛立たしくて、さらにリディアの体を暴いてやった。

決して自分が求めているわけじゃない。彼女の口から「あなたが欲しい」と言わしめてやりたいだけだ。

その一念でリディアとの情痴に没頭した。後ろから蜜襞に沿って滾る欲望を擦りつけ、両手の指が埋まるほど乳房を捏ねまわした。柔い内股の感触と花芯に性器を擦り合わせる快感にいつもとは違う興奮が体の奥からせり上がってくる。その状態で精を吐き出し、彼女の体を汚した白濁の卑猥さを見て、また欲情する。

延々と続く肉欲のループに流されるまま、際限なくリディアを求める。その繰り返しだった。

目隠しを解けば、それは涙でしっとりと濡れていた。手首を拘束していた紐を外すと、うっすらと赤い痕ができていた。一夜限りの相手にもこんな扱いをしたことはない。

相手がリディアだから。

そのひと言で片づけるには、度を超している行為。気遣ってやる価値もないのに、なぜ自分は今、またも泣き濡れた頬を指で拭っているのか。

引き抜いた陰茎に彼女の中から零れ出した放ったばかりの白濁が滴り落ちた。そんなものにまた興奮を覚えてしまう自分は、どこかおかしくなったのかもしれない。

自分にこれほどの性欲があることも知らなかった。分からないのは、なぜその対象がリディアでないといけないかだ。

「……ジュ」

閉じた瞼に残っていた涙が滴となって頬を伝った。

セルジュ。

それが自分の名だと言われてもまだ実感はない。それでも、彼女が紡ぐその音は不快ではなかった。

夜暗《やあん》の中、何かが月明かりを反射した。それは彼女の服に紛れてあった。

かなり乱暴に脱がせたから、一緒くたになったと思われるそれ。リディアをベッドへ横たえて立ち上がり、手に取ったそれを見てセルジュは絶句した。

(どうして、これがここに……)

琥珀が埋め込まれたペンダント。それがロケットだと知っているのは、セルジュも同じものを持っているからだ。一瞬、自分のものかと思ったが、よく見れば明確に違う点がある。セルジュのロケットは琥珀部分に細い亀裂が入っているのだ。

恐る恐る中を開けると、見慣れた写真が収まっている。

(彼女も持っていたのか?)

驚愕の面持ちでベッドに沈むリディアを見た。

同じ物を彼女が持っていたことに呆然とする。

そう言えば、リディアが胸元を触っている仕草を不思議に思ったことがあった。あれはもしや、これを触っていたのか。

自分と同じ物を持ち、同じ癖をするリディアに感じるのは――。

「リディア……？」

返事がないことを承知で呼びかけた。疲労で憔悴した面は蒼白く、その姿は永遠の眠りについたようにさえ見える。

『でも……愛してる』

不意に蘇ったリディアの告白。あの時は何を言っているんだと聞き流したが、これを見た今でも彼女を笑うことができるだろうか。恋人の写真を肌身離さず持ち歩く理由など、ひとつしかないように思えてならなかった。

だが、よぎった思考に心揺れるも、見てきた現実がすぐにそれを打ち消した。

そんなことはない。リディアはひとりの男を想い続けるような女ではない。使えないと分かるや否や、新しい男に鞍替えする狡猾さを持った女だ。

ロケットを持っていたのも、何かの偶然……。

(――はっ、どんな偶然だ)

事実を認めたくない一心ではじき出そうとしたろくでもない結論を一笑に付す。

セルジュは改めて眠るリディアを見た。

セルジュ達は、駆け落ち同然でカムイ号に乗ったとベナールは言った。彼女はクレマン子爵令嬢で、自分はそこの庭師だったと。ご丁寧に父の言づけまで添えてセルジュの失くした過去を広げてみせた。

どうするかはセルジュ次第だと言われても、根拠のない話の何を信じろというのか。すべてベナールの作り話である可能性だってある。

が、果たして彼がそこまでする理由があるのだろうか。セルジュからリディアを取り戻したいと思っているのなら、わざわざ彼女の身の上を話し、擁護したりするものか。セルジュ同様、彼女がいかにふしだらであるかを語り、気持ちを引き剥がそうというのならばまだ納得もする。それをしないのは、やはりリディアは彼らにとっての恩人であるから。

そう考えるのが妥当だ。

(何が本当なんだ)

誰の言葉が正しい。自分は何を真実として受け入れるべきなのか。

シャルロットなのか、ベナールか。――それとも、リディアなのか。

昏々と眠るリディアの細首に手をかけた。片手でも楽に捻り潰せそうなか細さにぞくりと嗜虐心がくすぐられた。

リディアの存在を消しさえすれば、陰鬱《いんうつ》とした苦悩は晴れるだろうか。頭の中にかかる霧は消えて無くなるのか。

ベナールの話が事実なら、なぜ肝心のリディアは何も言わない。状況に甘んじているのは少なからず己の非を認めているからだろう。彼女はセルジュからの侮蔑を一度も否定していないではないか。

『そうよ、私はとても嫌な人なの。あなたを捨て、金持ちの男を渡り歩いている身持ちの悪い女。こんな女の話などどうせ嘘ばかりよ。それでも聞きたい？』

グッと手に力が籠もった。

（いい加減にしてくれ——っ）

違うと言うのなら、真実を語ってみせろ。

（なぜ俺を見限ったっ⁉）

駆け落ちまでしておきながら、簡単に捨てられるような男だったというのなら、大人しく父親が決めた貴族と結婚していれば良かっただろう！

——苛々する。

捨て駒として扱われたことも、存在を軽んじられたことも、平凡な暮らしに甘んじていることも、素気無さと従順さを混ぜ合わせた姿にも、何もかもに苛立ちを覚える。

なにより、どうして自分が彼女にこだわるのか自身でも説明できないことが腹立たしい。

こんな女、放っておけば良かった。

わざわざ呼び寄せ痛めつけなくても、セルジュの環境は羨望を浴びるに値するものだ。

誰の意図があろうとも、リディアが離れてくれたからこそ得た成功。そう思えば彼女の存在など取るに足らないものなのに、なぜ。

どうして、こんなにもリディアが気になって仕方がないのか。

いつまで消えた記憶に苛まれなければいけない。自分の選んだものが真実だというのなら、どうか霧の中にある記憶を見せてくれ。そこにこそ、自分が信じるべき過去がある。

(思い出したいっ)

誰の思惑も混じっていない、過去。

セピア色の記憶はいつになったら全貌を見せてくれる。ロケットが語りかける言葉を聞いてみたかった。

過去への執着は捨てたはずなのに、リディアとかかわるようになって再びその思いが強くなった。彼女が想像していたものとは違う顔ばかり見せるから、自分の中に作り上げていた偶像がぶれる。

アリスに微笑みかける慈愛に溢れた横顔、ベナールと語る時の安堵した雰囲気、車窓の外を眺める物憂げな様子、憎まれ口を叩きながらも不意に見せた泣き顔。眠った時にだけ現れる儚さ。

『痛かったでしょう……?』

肩の傷に嫌悪をみせることなく、セルジュを気遣った言葉は口先だけの労りには思えなかった。

「……ぅ」

呻き声にハッとして、首から手を放した。無意識のうちに手に力が籠もっていたのだ。

「リディア、おい。リディア」

ぐったりとしているのは疲労のせいだと知りながらも、嫌な汗がじわりと浮かぶ。揺さぶり、彼女の名を呼んだ。

うっすらと開いた瞼から薄紫色の瞳が見えた時、ほっとした。虚ろな目はそこにセルジュを映すことなく、またすぐに閉じられた。

胸をなで下ろし、足下に溜まっている掛布を彼女の体にかけた。体を覆った温もりに僅かばかり、リディアの表情が穏やかになった。

『君が今の地位についたのは実力だけだと思っているのか？』

肝が冷えたことで、荒ぶる感情は凪いだ。

息を吐き出し、ベナールが投げかけた言葉を思い出す。

成功は実力などではなく、誰かの意図が働いたものだとするのなら。トゥインダで見た男がベナールの知るロギーという男ならば。あの時、シャルロットと現場に居合わせたのは偶然ではなく、必然だったと言うのなら。

――もしかして、今リディアに抱いているこの恨みも作られたものかもしれない……？

駄目だ。考えたいことが目の前にあるのに、今は肉体の疲労感が強くて思考がうまく働かない。

ベッドに潜り、リディアを引き寄せる。彼女から漂うリリーの香りは不思議と心に沁みるのだ。

腕の中に収まる華奢な体は、なぜこれほどまでに馴染むのだろう。

目を瞑ると、覚えのある感覚がやってくる。

(またこの感じ……、あの夢なのか)

一筋の光に誘われるように、セルジュも眠りの淵《ふち》へと下りて行った。

☆★☆

煌々と灯る明かりが時折、左右に揺れていた。

肩が触れるほど人がひしめく中で肉の焼ける匂いと、天井に立ち込める煙草の煙。アルコール臭と、大勢の人間の笑い声。街の酒場をそのまま持ってきたような粗野な雰囲気の中で、一組の男女が肩を寄せ食事をとっていた。

掃き溜めのような場所で異彩を放つ容貌を持つ彼ら。

恐ろしく造作の美しい金髪の青年と、あどけなさが残るも気品漂う整った顔立ちをした少女。

セルジュはその光景を斜め上から見ていた。

(あれは……、私か?)

「ごめん、こんなものしか食べさせてあげられなくて」

青年は質素ではないが豪華とも言えないテーブルを見て詫びた。

注文した料理はパンとスープ。辛うじて原型が残っている程度の肉が浮いた野菜スープは彼らの懐《ふところ》事情を窺わせた。

――もし自分に身分があれば、上流階級が集う食堂で食べさせてやれたのに。

青年の心の声がセルジュに聞こえてきた。

不思議な感覚に陥りながらも、セルジュにはこれが夢であることが分かっていた。

見たことのない風景なのに、覚えた既知感。

（もしかして……カムイ号の中か？）

青年が己の身分の低さを恥じると、隣で少女が笑った。

「もう、絶対に謝らないでって言ったでしょ。これからは私も平民なんだし、お腹に入れば何だって同じだわ」

あっけらかんと言う少女は、美味しそうに味の薄いパンを頬張った。青年は少女の明るさに安堵を覚えるも、心の片隅で燻る後ろめたさに困惑している。

――本当にこれで良かったのか。

少女を愛おしいと思う気持ちと、彼女に苦労を強いてしまうだろう未来への不安。

「リディア」

呼ばれた少女が嬉しそうに笑った。

（あぁ、そうだ。リディア……、リディアだ）

今とは随分見た目は違うが、見たことのない明るい笑顔で微笑む少女はリディア・クレマン。最愛の恋人だ。

その瞬間、セルジュの意識が青年と同化した。

「本当にいいんだな。貴族の時とはすべてが違うんだぞ」

「いいの、私は私の心が望むとおりに生きると決めたの。あなたの方こそ良かったの？　その……、これは私の我が儘みたいなものだもの。巻き込まれて後悔してない？」

「まさか、嬉しいよ。諦めるしかなかった僕に君は未来をくれた。一生、大切にする。西へ着いて生活が安定したら式も挙げよう」

「うん……っ、私も頑張って働く！　グリーンバイツはとても大きな都市だと聞いたわ。私を雇ってくれる洋装店があるといいけれど、駄目だったとしても何だってする」

彼女の中ではどの職業につくかも決めているようだ。

得意な洋裁で生計を立てようと目論む彼女は、ぐっと胸の前で拳を握りしめ気合いを入れた。

「でも、酒場で働くのだけは禁止」

「どうして？　そういうところはお給金もいいのでしょう？」

「その分、リディが他の男の目に触れる。……やっと僕だけのリディになったのに」

「やだ、セルジュったら。もしかして焼きもち？」

いい年をして子供みたいな焼きもちをつい口走ったことが恥ずかしくて、赤くなった頬を隠す為にぷいっと横を向いた。

　それを見て、リディアがやっぱり嬉しそうな顔をした。

「知らなかったわ、あなたの中にそんな独占欲があったなんて」

「いけないいか。僕はただの庭師で君は子爵令嬢だ。身分の差はどうしようもないだろ」

「毎日、愛してると言ったのに信じてなかったんだ」

「そうじゃないけど、……君には分からないよ」

　身分という分厚い壁は、到底セルジュには乗り越えられそうにもないほど天高く聳《そび》えていたのだ。

　いずれ彼女がどこかの貴族へ嫁ぐことは決められていたことだった。それでも、セルジュはリディアに恋い焦がれ、彼女も自分を求めてくれた。

　クレマン子爵令嬢と庭師の恋。密かに睦み合い育んできた恋は、彼女の婚約話で終わりを迎えるはずだった。

『お願いっ、私を連れて逃げて！』

　泣きながら屋敷の離れにあるセルジュの小屋に飛び込んできたリディアの懇願に、躊躇いを覚えなかったと言えば嘘になる。

　彼女とは結ばれない運命であることは承知の上での恋だった。

　身を引かなければいけない。一介の庭師の分際で彼女の未来を壊してはいけない。

　リディアの結婚が彼女個人の問題で済まないことも承知していた。それでも、嵐の夜にやってきた少女がすべてを捨てて腕の中に飛び込んできてくれた時、セルジュの中で自制の糸が切れた。

互いに小さなトランクケースをひとつずつ持ち、嵐に紛れて屋敷を抜け出した。リディアが持ってきていた宝石を金に換え、新天地を求めて乗り込んだのが客船カムイ号だ。

この先の生活を考えれば断然陸路の方が安かったのだが、陸路ではいつどこでクレマン子爵の追手が待ち構えているかもしれないからと、頑なにリディアが陸路を拒んだことが理由だった。

偽名を使ったのは、万が一のことを考えてだ。身分が卑しい分は金で補った。

リディアは初めて目の当たりにした環境に戸惑っていたが、一刻も経てば未来のことを楽しげに話し出した。

それが肉親や慣れ親しんだ故郷から離れる郷愁を振り払おうとする空元気《から》であることは容易に想像がついた。割り当てられた部屋で肩を抱き寄せれば、途端に揺らいだ薄紫色の瞳。赤い唇に口づけて慰めると、「大丈夫」と濡れた目をしながら笑ってくれたのは、つい先ほどのことだ。

悲しみを笑顔で隠し、前だけを見つめる瞳の力強さは心惹かれた魅力のひとつ。感嘆を覚えるほどの思いきりの良さと、実行力。次へ踏み出そうとする時に見せる勇気。

小さな体から溢れ出る生命力の強さはセルジュにはないものだ。眩い命の輝きに目を奪われ、いつしか心も捕らわれた。

彼女はセルジュの中で咲く一輪の華そのもの。

男子として生まれていたなら、さぞ有望な後継者となっていただろうリディア。淑《しと》やかに見られがちな外見とは裏腹の、型にはまらない大胆な性格と行動力を裏づける印象的な瞳が放つ力強さは、彼女の意志の強さの表れでもあった。

クレマン子爵がリディアを厳しく躾けていたのは、彼女の性格を押さえつける為ではなく、後継者として見ていたのではないか。

そう思う節があるからこそ、この決断が果たして正しかったのか迷っていた。

リディアがクレマン子爵を敬遠するようになってからは、ふたりは数えるほどしか会話をしていない。そんな状態で互いの心情を正確にくみ取ることなどどうしてできるだろう。

世間では大人とみなされても、リディアの心はまだ幼い。真っ直ぐな分、意固地になり周りの声が聞けなくなることがある。自分はそれを逆手《さかて》に取り、あえて子爵の思いを彼女に伝えなかった。もし言えば、リディアは少なからず父親の見方を変えるだろう。最悪、婚約に頷いてしまうかもしれない。

育ちすぎたリディアへの想いを諦め切れないがゆえ、目を背け続けた可能性。結局、最後まで言えずじまいだったことで親子の絆を壊してしまったという思いが、セルジュを責める。

婚約話を聞かされてから、自分は冷静ではなかった。リディアが自分以外の男の腕に抱かれ眠る日を想像するだけで気が狂いそうだった。別れを切り出さなければと焦る理性と、放したくないとせがむ我欲との葛藤《かっとう》の最中、舞い込んできた転機。おそらく、一生で一度きりのチャンスだ。セルジュは彼女の手を引き、駆け落ちという形でこの恋を成就させた。

家族も育ってきた環境も贅沢もいらないから、セルジュが欲しいと願ってくれたことに舞い上がり、何も見えていなかった。

(後悔しているのか?)

自問の答えを探して心を見つめる。

内心早計だったという思いは拭い切れなかった。

もっと違うやり方があったのではないか。世話になったクレマン子爵に対しても誠意を見せるべきだったのではないか。

「――やっぱり、後悔しているの?」

思念に囚われかけていた時、心を見透かしたような声音に我に返った。無意識に触っていたペンダントから手を離すと、リディアが不安そうにセルジュを見ている。

(違う、こんな顔をさせたかったわけじゃない)

自分が揺らげば、彼女の心も揺らぐ。今、彼女が頼ることのできる者はセルジュだけだ。

(しっかりしろ)

「少しこれからのことを考えていただけだ。後悔なんて、するわけないよ」

そう、たとえ自分達の選んだ道が正しくなくても、引き返すことはしたくない。どうしても手折りたいと願った、唯一の華なのだ。

指の背で柔らかな頬を撫でると、恥ずかしそうに目を伏せる。

「愛してるよ、リディィ」

この華を守る為なら、何だってしよう。必ず彼女を幸せにするんだ。

愛しい少女に唇を寄せ、心の迷いを振り払ったその時。体に不自然な横揺れを感じた。

直後、喧騒に悲鳴が轟いた。ハッと顔を上げた次の瞬間、両開きの厨房の扉が開き、火だるまになった料理人と生きもののように床を這う炎の波が飛び込んできた。

「ぎゃ——っ!!」

男の断末魔をきっかけに、場は一気に騒然となった。

それからは混乱に次ぐ混乱で、セルジュもどうやって食堂から出たのか覚えていない。怯えるリディアを腕に抱きかかえ、人ごみを押しのけるように甲板へ出た。

そこには客船の騒動が嘘のような静謐を湛えた夜があった。

満天の星空に一瞬、いましたが遭遇した火災現場が幻だったような錯覚を覚えた。あの横揺れは何だったのか。穏やかな大海を行く船が起こした不自然な動きに嫌な予感を覚えて船の下を見下ろせば、信じられない光景があった。

氷山が船にめり込んでいる。

あの横揺れは、潮に流されてきた氷山が衝突した時のものだ。

破損部分からは海水が入り込んでいる。その光景は船全体を震撼《しんかん》させた。果たしてこの船が沈没防止の設備をどこまで整えているか。

救難船が来るまで、カムイ号が持ちこたえられるかなど神しか知らないことだ。

そんなものに賭けていられない。セルジュは、腕の中の少女を救うことを優先させた。

「リディア、救命ボートに乗るんだ！」

呆然とするリディアの手を引き、ボート乗り場へ急ぐ。案の定、そこは人で溢れ返り、乗務員は大声で女子供を優先してボートに乗せるようにと喚いていた。

「行け、リディア！」

「嫌っ、私はあなたと一緒にいるの！」

「駄目だっ、あなたはここでボートに乗るんだ。僕も必ず後から乗る。いいねっ！」

嫌がるリディアを無理矢理黙らせ、ボートに乗る為の列へ押し込んだ。

なだれ込む人に押され、瞬く間にリディアの姿が見えなくなる。その直後、地鳴りのような轟音が響き、床が斜めに傾斜した。まるで天に救いの手を差し伸べるかのように甲板が傾ぎ、セルジュは為す術もなく床を滑り落ちた。

「きゃ――っ!!」

目の前に同じように甲板を滑る少女の姿が飛び込んできた。咄嗟に腕を伸ばし、少女を腕の中に庇う。上からなだれ落ちてきた木片の切れ端が左肩を抉った。

「ぐぁっ！」

なおも降り注ぐ木片で後頭部を強打し、押し流された先に海面が眼前に迫っていた――。

☆★☆

「――ッ!!」

咄嗟に腕で水を掻く動きをして、飛び上がるように上体を起こした。

肩で荒い息を繰り返し、眼前の光景を凝視する。脳裏にこびり付いた光景に動悸が止まらない。もう一度、海に落ちた瞬間を思い出して、全身が恐怖に震えた。

ここは船の上でも、水の中でもない。

(夢……だ)

意識は確かに夢だと認識しているが、体には生々しい感覚が残っている。

覚えた戦慄と木片に肩を抉られた激痛、別れ際に口づけたリディアの唇の感触。料理の匂いや水の冷たさまで感じる夢などあるのか。

(あれが忘れていた記憶なのか……？)

体験したからこそ、体がそれらを覚えている。ぞくりと体中の肌が粟立った。

すべて見た。

当時、自分が何を思い、リディアにどんな感情を抱いていたのか。肩の傷の原因、カムイ号へ乗り込んだわけ。一度、封切られてしまえば、記憶が洪水のように溢れてくる。

失くした記憶は眩いばかりの輝きを放ち、やがて清流へと変わる。心を埋め尽くす頃には、セルジュの中にあったリディアへの憎悪など跡形もなく消え去っていた。

ゆるゆると視線を下げ、眠る存在を見た。

アッシュブラウンの髪は、自分が知っていた頃よりもずっと短くなっている。少女らしいあどけなさは大人びた曲線へと変わっていた。

そっと手を取り、覚えている感触とは違うかさついた指先に胸が痛む。

これがセルジュの忘れていた五年の年月なのだ。

時間はリディアを大人にし、あの事故は彼女からさまざまなものを取りあげた。満ち溢れていた生命力、前を向き続ける強さ、笑顔。それに家族と、……恋人だ。

今のリディアは厭世的であり、刹那的だ。高慢を演じながらも、ひたすらにセルジュからの暴挙に耐えている。

まるで壊れることを待ち望んでいるかのように、どこまでも従順。

(あ、あぁ……っ、リディアだった!)

頭の中にあった霧が消えている。――それが、答えだ。

自分は今、ようやく失った過去を取り戻したのだ。これこそ信じるべき過去。誰の解釈も混じっていない、正真正銘セルジュの生きた証だ。

そして、追憶の中で咲いていた一輪の華。霧が晴れたからこそ、その存在に気がついた。

白いその華は闇夜に浮かぶ灯火のように蒼白く光り、ひとり咲いていた。風に揺れ舞い散る煌めきは、リディアが流す涙。彼女は声を上げることも叶わず、ただひっそりとそこで咲き続けていたのだ。

「リディ……」

すとんと心に響いた名は、何よりも口当たりがいい。

『リディはリリーの花のようだよ』

かつて自分が彼女に告げた言葉を思い出した。再会し、リリーと名づけたのは彼女から香る花の香りのせいだけではない。霧の中にあった記憶が彼女と花を無意識に結び付けていたのだ。

だが、すべてを忘れた自分はそんな彼女に何をした。

彼女の体に咲く報復の赤い華達が、一斉にセルジュを糾弾した。

咲き誇るそれらは、まるでリディアの心が流した鮮血のように赤々としている。彼女は、この体にどれほどの悲しみを抱えてきたのか。孤独の中で何を願っていたのだろう。

「リディ」

眠る彼女の頬を静かに撫でた。

なぜ頑なに口を閉ざし、会話を拒み、真っ直ぐな性格を隠してでも従順な姿勢を見せていたのか、今なら分かる。

(すべて自分のせいだと思っているからなんだろ……?)

セルジュが持つ記憶が間違っていることを知りながら訂正しないのも、向けられた憎悪に屈服したのも、彼女自身が自分を責めているからだ。

あの時、駆け落ちさえしなければ、陸路を選んでいれば、父の勧めた婚約に頷いていれば。

どれかひとつでも別の選択をしていれば今とは違う未来があった。彼女ならそう思っているはずだ。肩の傷を見た時、その後悔は強く彼女を責め立てたに違いない。

だからこそ、観念した。――恨まれても仕方がない、と。

そうとも知らず、自分は一生大事にすると言った口で、彼女を言葉汚く罵った。他人から聞いた話と目にした光景がすべてだと思い込み、リディアを悪女に仕立て上げた。

慎ましい暮らしぶりを嘲笑った挙げ句、成功者になった自分を見せつけようとしていたのだ。

そんなものに彼女が羨望を向けるはずがなかったのに。

何も知らず、ひとりでいい気になっていた。

なんて愚かだったんだ。

思い出した過去とベナールから聞いた話をすり合わせれば、これまでリディアが歩んできた道が見えてくる。彼女は金持ちの男を渡り歩く女などではない。

掛布を捲り、強打したという背中に手を当てた。

(痛かっただろうに)

こんな華奢な体を苦痛が襲ったのかと思うと、胸が潰れそうになる。抱かれながら古傷を弄られる責め苦は、どれほど辛いことだっただろう。

母親が命を懸けて守った子をリディアも守った。赤の他人だろうと関係ない、彼女はそういう女性だった。目の前に救える命があるから守った。ベナールは確かに彼女を語っていたのだ。

『……シャルロット、彼女は誰』

連鎖的に思い出した、ブノア邸での出来事。あの日、自分は彼女にどれほどの失望を与えただろう。

彼女を恨むなど、お門違いもいいとこだったのだ。

自分こそ、彼女に詫びなければいけないことがあったのに。私欲に駆られ、リディアとクレマン子爵との関係を修復しようとしなかった。おそらく、当時の彼女の心に語りかけることができたのは自分だけだったはず。

本当に彼女を大切に思うなら、まずは父娘のすれ違いを解くべきだった。煙たがっていようと、リディアにとって子爵は唯一の家族だ。大切に思っていないはずがない。クレマン子爵を説得する道を選ばなかったのは、それが無駄な努力だと諦めていたせいだ。

なのに自分は、彼女から家族を取りあげておきながら、ひとり放り出し、あまつさえ見当違いな憎悪まで向け、激情に駆られるまま彼女をいたぶった。

覚えていた苛立ちはリディアへの恋慕が擬態した感情だったのか。

彼女を愛した記憶がないから気づけなかっただけで、思い出してしまえばこれほど明快な答えはない。

――リディアを愛している。

彼女にしか動かない情炎も苛立ちも執着も、そのひと言が根底にあったからこそ。

だが、すべてを忘れた自分は、取り澄ました顔が苦痛に歪むことばかりに囚われ、彼女の気持ちなど、なにひとつ考えもしなかった。

(私はなんということを――っ)

握りしめたままだったロケットを開けると、リディアの誕生日に撮った写真が収まっている。

(――あぁ、そうだった)

写真を撮るまでの経緯を思い出し、セルジュは長く細い息をついた。

リディアの誕生日、街へ出た時に内緒で撮った写真。たいしたものが買えない自分に、リディアは「写真が欲しい」とねだったからだ。露店で買った揃いのロケットに収め、それからは肌身離さず身に着けていた。

すべての宝石を売り払ってもこれだけは売らないと言って、大切に握りしめていた姿が瞼に浮かぶ。

どうしてこんなにも大切なことを忘れてしまっていたのだろう。

ひとりの少女の人生を壊しておきながら、五年ものうのうと生きてこられた自分はどれだけ恥知らずで卑怯な人間なんだ。

この先、どうやって彼女に償っていけばいい。

頭を抱え煩悶《はんもん》するセルジュの耳に、来客を知らせるノックが聞こえた。時計を見れば、朝食には少し遅い時間になっていた。

リディアが起きる気配はない。ベッドを揺らさないように降りて、ローブを羽織って扉を開ける。すると、

「おはようございます、オータン様！　リディアはいますかっ」

愛らしい笑顔が一輪の花を携えて言った。

「アリス！　ひとりで出歩いては駄目よと……っ。まぁ、オータン殿。ご就寝中、申し訳ありませんっ」

追いかけてきたマリアがローブ姿のセルジュを見て、慌てて視線を下げた。

「いいえ、かまいませんよ。おはよう、アリス。その花はもしかしてリディアにですか？」

「うん！　お部屋にあったのをもらってきたの。パパがね、花をあげると喜んでくれるって教えてくれたの」

そう言って、リリーの花を差し出した。

「あのね、オータン様。お願いがあるの。今日はお昼から列車が停まるのでしょう。その時、リディアと一緒に街へ出かけてもいい？　ずっとお部屋に籠もりっぱなしなんでしょ、リディアが可哀相だわ」

「ア、アリス！」

直球の非難に、マリアが慌てた。その様子から、ベナールの口添えがあったことが窺える。彼女を外に連れ出すことができた暁にベナールがリディアに語るであろうことも大方

予想がつく。彼はこの環境から何としてでもリディアを救い出したいのだ。

受け取ったリリーの花を見つめ、そこにリディアの面影を思い浮かべた。

一輪だけのその花がひどく寂しげに見えた。

ここが潮時なのかもしれない。

「いいですよ」

「え――」

アリスを諫めるマリアを制し、セルジュが言った。まさか了承をもらえるとは思っていなかったのか、マリアは目を丸くしている。

「今はまだ眠っていますので、昼食後に彼女に話しておきます。それとマリア。ベナール伯爵に言伝《ことづて》をお願いしたいのですが――」

そう言って、セルジュはひとつの決意を口にした。

☆★☆

甘い香りに目が覚めた。

瞼越しに感じる白い光、車窓から差し込む陽光が窓辺に置かれた花の輪郭をキラキラと照らしている。

リリーの花だ。

昨日はなかったはずのそれにゆっくりと目を瞬かせ、ぼんやりとする頭で花を眺めていた。

相変わらず酷い目覚めだ。

体中に纏わりつくねっとりした疲労感と倦怠感《けんたい》。鎖の服を着せられたようなずっしりとした重みにうっと呻く。大きく息を吐き出して胸元に手を這わせた。

（あ…れ、――ない）

昨夜、ベナールにつけてもらったロケットがない。

かなり手荒なやり方で服を剝かれたから、もしかしてチェーンが切れて転がったのかもしれない。

飛び起きて辺りを見渡すが、それらしいものは見当たらない。シーツを体に巻き床に這いつくばってベッドの下を覗いていると、「どうかしましたか」とリビングから顔を覗かせたセルジュが尋ねてきた。

躊躇ったが、今の彼ならあれがふたりの思い出の品だとは気づかないだろうと思い、尋ねた。

「ペンダントを知らない？　これくらいの大きさで真ん中に琥珀が埋め込まれているの」

指で大きさを示し、顔の高さまで掲げてみせる。

「それが？」

「とても大切なものなの！　昨日、首にかけていたでしょうっ!?」

ようやく手元に戻ったものをたった一晩で失うなんて、まるでリディアには必要ないものだと言われている気がした。祈るようにセルジュを見つめていると、彼はシャツの胸元のポケットを探った。

「これですか」

広げた手の中にあったのは、探していたロケットペンダント。

「あぁっ、良かった！」

飛びつき、両手の中に収めたそれを胸に押しつけ安堵の吐息をついた。

「……それほど大事なものなのですか」

「えぇ、ずっと失くしてしまったと思っていたけれど、……あ」

手を広げ、ペンダントの琥珀の部分に亀裂が入っているのを見つけた。こんな亀裂、昨日はあっただろうか。いや、それよりも。

「ねぇ、あの」

中を見た？　口にしかけた問いかけは言葉になる前に飲み込んだ。紳士たるもの無断で他人の持ちものを盗み見ることなどしないだろうし、疑いをかけられること自体不快なはずだ。なにより彼はリディアに矜持を傷つけられることは屈辱だと思っている。

リディアはもう一度、ペンダントに視線を落とした。自分のもののはずなのにどこか違和感がある。それは琥珀に走った亀裂だけでなく、これ自体が醸す気配が昨日とは違っているように思うのだ。

けれど、今この場で中の写真を確認する勇気はない。万が一、中を覗かれでもしたら彼にセルジュとの思い出を知られてしまう。

だが、リディアのものではないとしたら、これは。

（まさか、そんなはずないわ）

これがセルジュの持ち物だなんてあるはずがない。恨んでいる相手の写真が収まっているロケットをどうして彼が持っているというの。

セルジュは黙ってリディアの言葉を待っている。

「――何でもないわ」

結局、そんな言い方でごまかすしかなかった。

きっと昨日は興奮して気づけなかっただけで、初めから亀裂は入っていたのだろう。あの混乱だ。多少の傷は残っても、失くさなかっただけでも運が良かった。

拾ってくれていたことに礼を言い、それを首にかけた。服に手を伸ばしたところで「待って」と止められる。

「今日はこれを着てください」

そう言って渡されたのは、この旅の為にトランクケースに詰め込んだリディアの服だった。

「処分したんじゃないの？」

驚けば、冷笑された。なるほど、あれもリディアを嵌める為の嘘だったということか。

「また酷い人だと私を詰りますか」

皮肉を言う彼を睨みつけて、差し出された服を無言で受け取った。

「シャワーを浴びて。食事の後、アリスがあなたを迎えに来ます」

「どういうこと？」

セルジュは窓際に置かれた花に視線を遣った。

「先ほどアリスがあの花を持って、あなたと街へ出かけたいと言ってきたのです。私は所用があるので同行はしませんが、行きたければどうぞ」

「行ってもいいの？」

「あなたがそれを望むのであれば」

苦笑いする姿に、目が点になる。

いったい、どういう風の吹き回しだろう。

昨日までは頑なにベナールの誘いを拒絶していたくせに、この心代わりの理由はなに。

呆然と突っ立っていると、「リディア？」と本名を呼ばれた。

「その名前では呼ばないでと言ったはずよ」

「……そうでしたね。すみません」

素直な謝罪に今度は耳を疑った。

（謝った……の？　なんで）

唖然として、セルジュを凝視する。

気のせいだろうか。彼はもうリディアの知っている〝セルジュ〟ではないのに、彼の醸し出す雰囲気がひどく懐かしく思えた。

(また騙すつもりなのね)

ぷいっと横を向けば鼻先で意固地さを笑われた。

ほら、セルジュならこんな笑い方はしない。

「さぁ、支度を」

なのに、指の背で頬を撫でた感触はリディアの知っているセルジュのものとまるで同じだった。びっくりして振り仰げば、ターコイズブルーの瞳が僅かに揺れていた。

(なに……？)

が、リディアの懸念を遮るように、セルジュは目を伏せ、リビングへ戻って行った。

触れられた頬に手を置き、セルジュを見送る。

記憶がなくても何気無い触れ方が同じだなんて、残酷すぎる。

彼はアベルであるけれど、セルジュでもあるのだ。無意識に同じ仕草をしたって、なんら不思議ではないのに。

(馬鹿みたい……)

彼がリディアを傍へ寄せたのは、苦しめる為。彼を捨てた女をいたぶる為だけで、アベル・オータンの人生にリディアの居場所はどこにもない。

輝かしい未来も、美しい婚約者もいる。終着駅に着けば用済みとなって捨てられるのに、何を期待しているのだろう。

(思い出したくないと言っていたじゃない)

キュッと服を握りしめ、身を裂く痛みに耐える。

(なのに、どうして)

一刻も早くこの悪夢が終わってほしいと思っているのに、リディアの体は連夜の情事に絆《ほだ》され、彼の温もりを受け入れつつある。

ツキン…と古傷が痛んだ。彼と別れた後、果たしてリディアは同じ生活に戻れるだろうか。こんなにも快楽の蜜を飲まされて、ひとりで生きていけるの?

セルジュとの情事を思うだけで、体の奥が疼いてくる。

「――ッ」

刹那、注ぎ込まれた体液が内股を伝った。体が彼を想い涎を垂らしたかのような卑猥な光景にリディアは急いでバスルームへ飛び込んだ。


身支度を整え終えた頃、アリスがやってきた。

「こんにちは、リディア!」

ベナールそっくりの鳶色の目をキラキラとさせる愛らしい笑顔。

「こんにちは、アリス。今朝はお花をありがとう」

「どういたしまして! 行こう、リディア!」

挨拶もそこそこに手を引かれた。通路にはマリアが待っていた。

「お誘いくださりありがとうございます」

「ベナール様は先に列車を降りていらっしゃるわ。行きましょう」

扉が閉まる前、部屋を振り返ったがセルジュはこちらを見てもいなかった。リディアの定位置となった窓際の椅子に腰掛け、難しい書類を読んでいるだけだ。

見送りの言葉もないことに、リディアへの無関心さが伝わってくる。

「リディア、早く！」

「え、えぇ」

今更嘆いたところで何も変わらないが、愛されていないことを実感させられれば辛くなる。セルジュの挙動と気まぐれに一喜一憂する自分を自覚する度に、彼への愛が少しも霞んでいないことを思い知らされた。

「大丈夫？」

マリアの気遣わしげな声に苦笑し、リディアはそっと扉を閉めた。

外に出るのは実に四日ぶりだ。列車は今日の夜会の準備の為、午後いっぱいこの駅で停車している。リディア達のように街へ出かける乗客もいれば、荷物を抱えて降りる姿も目につく。夜会を楽しむ為だけに乗車する者もいるようだ。

（あら……？）

雑多の中に一瞬見知った顔を見た。銀色の髪をした女性の肩を抱き列車へ乗り込む男がロギーの横顔によく似ていた気がしたのだ。が、懸念は先に列車を降りていたベナールの声に削がれた。

「ようやく希望が叶ったな」

帽子とステッキを持ったベナールがリディアを見て破顔する。

「お腹は空いているかい？　アリスが街を散策したいというのだが」

「もちろん、かまいわせんわ」

「ほら、リディア！　早く、早く!!」

急かすアリスに手を引かれ改札口へと向かう。もう一度、列車を振り返ったが部屋にはカーテンが引かれてあった。

駅を出るとベナールが用意した馬車がリディア達を出迎えた。積み荷の多さに驚くと、

「私達はこの駅で降りる予定だったんだ。この街はマリアと妻の故郷でもあるからね」

と言われた。

あらかじめ行き先を決めていたのだろう。馬車は迷うことなく目的地へと走っていく。十五分ほど馬車に揺られた後、とある大通りの前に着いた。

馬車を降りるとそこはクリスマスの為に集まった出店が軒を連ねていた。もみの木を飾る色とりどりのオーナメント、蝋燭《ろうそく》、アンティーク調の食器に、食べものが焼けるいい香りまでしてくる。

「リディア、早く！」

手を繋いではしゃぐアリスに頷き、並んで露店を見て回る。どこまでも続く露店の列に驚かされながら、リディアは久しぶりに楽しい時間を過ごした。アリスと手を繋いでいるせいか、不思議と人の多さも気にならない。時折、気に入ったものをおねだりするアリスにつられて後ろを振り返ると、微笑ましそうにリディア達を見ているベナールとマリアがいた。

冬の寒さの中、温かいココアを飲む幸せに思わず頬が綻ぶ。

「美味しいね！」

満面の笑顔につられてリディアも笑った。こんなふうに笑えたのも随分と久しぶりな気がする。

たっぷりと時間をかけて露店を一周すれば、空はいつの間にか茜《あかね》色に染まっていた。

「少し早いが夕食にしようか」

ベナール達の後に続いてとある建物の中に入る。案内された個室には席が四つ用意されていて、ベナールがそれぞれを席へと促した。リディアの隣にはアリス、向かいの正面にマリア、斜め前にベナールだ。

ワインとオレンジジュースで再会を祝し、この旅で初めて楽しいと思える時間を過ごした。

すっかりリディアに懐いたアリスは一生懸命隣から話しかけてくれる。そちらに気を取られていると、斜め向かいから拗ねた視線が飛んできた。見た目こそ渋めの紳士だが、中身はかまってほしい子供なのだ。

そんな似た者同士の親子に挟まれながらの食事はあっという間で、大勢で食べる料理はとても美味しかった。

「それでね、リディアがお花ありがとうって言ってくれたの！」

「一番大きな花を選んだかいがあったな」

「うん！」

デザートのケーキを美味しそうに頬張るアリスは本当に嬉しそうだ。

リディアは口元についた生クリームを拭ってやりながら、今日の感謝を伝えた。

「今日はありがとうございました。私までお誘いくださり、ご迷惑ではありませんでしたか」

「何を言っているんだ。君は私達にとっては家族と同じだよ。アリスはすっかり姉ができた気分でいるんじゃないかな」

「うん！　あのねリディア、私来年には本当にお姉様になれるの！」

「ア、アリス！」

アリスの興奮した声に瞬けば、マリアが慌てた。が、すぐに言葉の意味を察し、リディアは目を丸くさせながらマリアの平たい腹部を凝視した。

「もしかして、マリア……」

その先を濁せば、彼女の隣に座るベナールは顔を真っ赤にさせながら頭を掻いている。

マリアに至っては、さらに顔を赤くさせ俯いていた。

「まぁ！　おめでとうございます。それでは今回はそのご報告もかねていらっしゃるのですね」

「あ、いや。はじめは結婚の承諾をもらいに行くつもりだったんだ。何というか嬉しいことは重なるものだな」

「素晴らしいことですわ。おめでとう、マリア。体は大丈夫なの？」

「えぇ、今はまだ」

はにかみながら、腹部を労わるように撫でた。まだ変化は見られなくても、そこに新しい命が宿っているのだと思うと、こちらまで温かい気持ちになった。

自分には来ない未来。

愛する者との分かち合った命を宿せる幸運は、リディアには一生来ないだろう。

「良かったわね、アリス。これからますます楽しくなるわよ」

嬉しそうに頷くアリスの髪を撫で、ベナール家のこれからの幸福を願った。アリスと、生まれてくる子供は男の子か女の子かと話をしていると、「リディア」とベナールに呼ばれた。

神妙な面持ちに瞬けば、「リディア。このまま私達の屋敷へ来ないか」と、思わぬ誘いを受けた。

慎重な口ぶりは思いつきで言っているとは思えなかった。

もしかして、今日彼がリディアを街へ連れ出したのは、それを告げる為だったのだろうか。

言葉の真意を探ろうと彼を見ると、さらに驚かされる言葉を聞かされた。

「心配いらないよ、これはオータン殿から申し出があったことなんだ」

「セルジュが、ですか」

にわかに信じがたい言葉に、思わず聞き返す。ベナールは強く頷いて見せた。

「実は午前中に彼から君のことを頼まれたんだ。リディアをこの駅で降ろすから、トゥインダ行きの列車に乗せてほしいと。君の荷物と一緒にね」

「そんなことを彼が」

「あぁ。だが折角ここまで来たんだ、どうだろう。クリスマスは私達と一緒に過ごさないか？」

あまりにも突然のことにベナールの誘いも耳を通り抜けていく。

こんなふうに唐突に別れがくるとは思わなかった。

足下から急激に冷えていく感覚がある。別れの言葉もなく呆気なく放り出されたことに、頭の中が真っ白になっていた。

（どうして……？）

「リディア、どうしたの？　お胸、痛い？」

アリスの声に、無意識にペンダントを握りしめていたことに気づいた。我に返り、慌てて表情を取り繕う。

「そうじゃないわ、これを触っていただけよ」

服から取り出したペンダントを見せると、途端、アリスがばつの悪い顔になった。

「ごめんなさい……」

「もう、謝ってばかりいる困ったお口はこれかしら」

意気消沈する愛らしい口に、自分のケーキに乗っているイチゴを放り込んだ。すると、みるみる元気を取り戻したアリスは嬉しそうに頬を緩ませ、口をもごもごさせる。

「あれ？　でもこれ、リディアのじゃないよ。ほら、傷があるもん」

口が空になると、アリスがペンダントを指差した。何気ないひと言にリディアは耳を疑う。

（私のではない？）

「リディアに渡したのはもっと綺麗だったよ」

無邪気な声が語った真実。追い打ちをかけるようにベナールが「そういえば」と口を開いた。

「……」

「彼もリディアと同じ癖を持っているんだな。私に君を頼みに来た時もそんなふうに
胸に手を当てる仕草を真似たベナールの姿に、リディアは椅子を蹴飛ばすように立ち上がった。

「……車の、列車はいつ発車するのですかっ!?」

「あと、一時間ほどしたらだが、……リディア?」

「ごめんなさい、ベナール様。私、行かなくちゃっ!!」

叫び、踵を返した。

「リディア!」

制止の声を振り切り、表へ飛び出す。辺りはすっかり夜の帳に包まれ、露店から零れる橙色の光が幻想的な光景を作り出していた。リディアは人混みの間を縫うように、列車が停車している駅へとひた走った。

どうしても確かめたいことがある。

その思いに突き動かされ、ひたすら足を動かした。ようやく見えた駅に飛び込み持っていた切符で改札を抜ける。部屋の窓はまだカーテンが引かれたままだった。

車両に飛び乗り、部屋の扉に体をぶつける様にして開けた。

☆★☆

これで良かったんだ。

花瓶に活《い》けたリリーの花束を見つめ、セルジュは深い溜息をついた。

カーテン越しにリディアを見送った後、街へ出て買ってきたリリーの花達。甘い香りに包まれていれば彼女の存在を感じられるかと思ったが、抱き寄せられない温もりが恋しくなるだけだった。

半日、何をして過ごしていただろう。

抜け殻になった体には何の気力も残ってはいなかった。ただずっとこうして彼女の座っていた場所で、彼女が見ていた景色を眺めて面影に想いを募らせていた気がする。

(――恋しい)

けれど、もう今の自分にはリディアを拘束する理由も権限もない。あるのは、味わわせた屈辱と苦痛への贖罪だけだ。

ここで解放すべきだ。

そう思い、後のことをベナールに託した。渡したリディアのトランクケースの中には小切手を忍ばせておいた。再び令嬢としての暮らしができるほどの額を書いたのは、セルジュなりの誠意のつもりだった。

(あなたが幸せでありますように)

こんなことしかできない自分を情けなく思いながらも、小切手に口づけ彼女のこれからを祈った。

今頃、リディアは何をしているだろう。もうトゥインダ行きの列車に乗っただろうか。四日間にわたる軟禁から解放され、清々しているかもしれないと考えるとたまらない気持ちになる。

今更こんなことを言えた義理でもないくせに、リディアに嫌われることが何よりも怖いのだから、とんだお笑い草だ。

リディアを騙し、貶め、暴き、弄んだのは誰だ。

再会してから嫌われて当然のことしかして来なかったくせに、それでも彼女の心を望む自分はどれだけ強欲なんだ。

(だから、手放したんだ――)

分かっている、それは己の狡さゆえの逃げだ。臆病風に吹かれ、面と向かって詫びることもできないばかりか、彼女の今後を他人に託し、自分は何もせずこうして悔悟の闇に沈んでいるだけ。傷つきたくないが為に安全な場所にひとり逃げ込んでいるだけなのだ。

再びリディアの愛を欲するのなら、まず己の愚かさを詫び、許しを乞うのが筋だろう。だが、どの面を下げて彼女の前に立てばいい。詫びることが多すぎて、そのせいで愛想をつかされるのではないかと思うと足が竦む。

彼女とクレマン子爵との軋轢《あつれき》から目を逸らし続けたことからなのか、愛ゆえの逃避ではなく立ち向かう勇気を持てなかった臆病な自分を隠していたことなのか。それともリディアをいたぶり続けた四日間か。

(……どのみち最低じゃないか)

並べ立てた己の卑怯さにはただただうんざりさせられる。リディアはこんな男の何を愛したというのか。

花を愛でるしかできない、人より少し容姿がいいだけのつまらない男じゃないか。

『でも……愛してる』

(私も愛しています……)

いつか聞いた呟きに心を込めて今、想いを返す。リディアの未練を笑ったあの時の自分を殺してやりたいと思った。

二度と会えないかもしれない。それがどれほど恐ろしいことか初めて気づかされた。身を裂かれるほどの痛みに心が壊れそうだ。魂の核を失ってしまったかのような虚無感が体の中に蔓延《まんえん》している。

リディアは五年もの間、この恐怖に耐えてきたのか。

(い……や、だ)

ブルリ…と背筋が震えた。

この先の人生をリディアなしで生きていかなければならないなんて、考えたくない。

生まれた時から知っている小さな少女は、セルジュにとって主《あるじ》であると同時に年の離れた妹のような存在だった。部屋で人形遊びをするよりもセルジュの後をついて回ることが好きだったリディア。薄紫色の目に好奇心をいっぱい詰め込んだ少女はとても可愛く愛おしかった。家族愛の延長のような感情を抱き、少しずつ蕾を膨らませ美しい華になっていく過程を一番近くで見てきたのもセルジュだった。

年頃になり社交界へ初めて出かける彼女の艶やかな姿は自分が知っている〝可愛いリ

ディア〟ではなくひとりの女性として映った。その頃には令嬢としての立ち居振る舞いを身に着けていた彼女は、息を呑むほど美しく魅力的な女性へと変貌を遂げていたのだ。

いつの間に華は咲いていたのか。

この姿がこれから先、大勢の男の目に触れるのかと思った時の焦燥感に、彼女を自分だけの華だと思っていたことに気づかされた。しかし、愛を自覚したところで所詮は庭師の身分だ。どうにもならないことは分かっていたし、なにより、リディアはセルジュを兄として見ている。邪《よこしま》な想いを抱いていると知れば、彼女はどう思うだろう。

愛に気づいた瞬間に失恋の痛みを味わう居たたまれなさに歯がゆさを覚えるも、セルジュはどうすることもできなかった。

諦めるしかないんだ。

そう言い聞かせ、叶わぬ恋に焦がれた日々。いつリディアに求愛する男が現れるのか、最悪の日を想像しては持て余す情火に身を焼くことしかできなかった。

が、それは突然やってきた。中庭の片隅に蹲り泣いていたリディアから「会って間もない男に唇を奪われた」と聞かされた時の衝撃は鮮烈だった。

大切に育ててきた華がどこの馬の骨とも知れない男の手垢で穢されたのかと思うと、猛烈な怒りが込み上げてきた。それでも、一線を越えるにはまだ理性が勝っていた。

彼女の良き兄として慰めの言葉をかけようとした。箍が外れたのは、その後に聞いたリディアの告白だった。

『どうしてあなたじゃなかったの……っ』

腕に飛び込んできた存在に、体裁も理性もすべて吹き飛んだ。溢れたリディアへの想いだけで強く彼女を抱きしめ、その唇に口づけた。忌まわしい記憶を上書きするかのように何度も口づけ、堰を切った想いを口にした。

『あなたを愛してる』

それからは人目を盗んで愛を囁き合い、肌を重ねた。少女が腕の中で女へと変わっていく過程に溺れ、何度も彼女の温もりを味わった。秘密の恋に背徳感を抱きながらも、止められなかったのはリディアとの愛を失いたくなかったから。

『愛してるわ、セルジュ』

目を閉じれば、瞼越しに愛を囁くあの頃のリディアが見える。

今朝すり替えたロケットを取り出し中を開ければ、愛しい人が収まっている。自分に残されたのは思い出とこのロケットだけ。目を細め、指でなぞりながらその名を呼んだ。

「リディ……」

諦めようとしても焦がれ続けた、セルジュの華。

手折った華は、捨てられてもなおひっそりと追憶の中で咲いていた。突き放され孤独という風に晒されながら必死で根を張り生きていた華を、自分は悪意を持って踏みつけた。

悲鳴を歓喜の声とはき違え、何度も古傷を苛んだ。心を真っ黒に染めた報復の炎に駆り立てられるままリディアを責め立てた。肉欲に耽った四日間で何度彼女に精を注ぎ込んだだろう。

身勝手な思い違いから始まった報復。しでかした罪の重さに慄《おのの》き手放したけれど、心の隅で囁く声がある。

お前さえこの罪から目をそむけていれば、彼女は傍に居続けたはずだ。その身に受ける屈辱と苦痛こそがセルジュに対する償いだと信じている限り、決してリディアは自ら離れて行かない、と。

悪魔の声はどうしてこれほどにも甘美なのか。

そうだ、すべてを欺き続ければ永遠にリディアを手中に留めておける。この安全な場所で延々と彼女の甘さを味わっていられるのだ。

(私さえ口を閉ざしていれば……)

利己的な思念に囚われかけ、そうではないだろうと己を叱咤した。

どこまで愚か者に成り下がるつもりだ。これ以上、リディアを苦しめて何になる。愛しているからこそ幸せであってほしい。そう願うべきなんだ。

真実を知った以上、彼女を苦しめることなどできるわけがない。この先は影となり彼女の幸福を祈り続ける。自分にできることは何だってする覚悟だ。それが正しい道なのだ。

なのに、リディアを手放してもなおせめぎ合う我欲と正義がある。蘇った彼女への愛慕が愚か者で居続けることを強要する。

幸せを見守るだと？　はっ、――冗談じゃない！

あの温もりを手放すことなどできるものか。放したくない、忘れられたくない、違う男になど触れさせてたまるか——っ。

身勝手と罵られようとかまわない。リディアの気配が傍にないことが、辛くて寂しい。叫び出しそうな渇望に悶え、ひたすら己の愚かさを呪う。

けれど、彼女はもうここにはいない。

(どうすればいい……っ)

——お願いだ、戻ってきてくれ。

頼むから、もう一度だけ慈悲をかけてくれないか。

その時は何でもする。這いつくばり、ひれ伏し、彼女のつま先に口づけ今度こそ不変の愛を誓う。惨めたらしくとも許してもらえるまで何度だって愛を乞う。いや、乞わせてくれ。

魂がリディアを求めている。失くした半身が恋しいと泣いている。

(リディア、リディア……)

できることなら、再会したあの時まで時間を巻き戻してくれ。

前髪を鷲摑み、噛み絞めた唇から血の味を感じた時だ。リリーの花の香りを強く感じた。夜暗に沈んでも存在感を放つ純白の花。

(なんて……美しいんだ)

こんなくだらない男の前でも咲いてくれる麗しさと清らかさに胸を打たれた。荒ぶっていた心を鎮めた花の美しさにつかの間、目を奪われる。

もう記憶の中でしか見られなくなったリディアの笑顔を思い出し、セルジュは静かに微笑を浮かべた。

扉が開いたのは、そんな時だった。

☆★☆

静謐に沈む姿は、なんて儚く美しいんだろう。

セルジュは窓際の椅子に腰を下ろし、ぼんやりと花瓶いっぱいに活けられた花を眺めている。けたたましく開いた扉の音に気づいているはずなのに、こちらを見ようともしない。走ってきたせいか、それとも抱いた疑念を彼にぶつけることへの緊張なのか。心臓が早鐘を打っている。じわりと手のひらに滲んだ汗ごと握りしめ、厭世観すら漂わせるセルジュを見据えた。

「なぜ」

上がった息を整え、問うた。

短い問いかけに、ゆるりとセルジュがこちらを見た。彼の手からは金色のチェーンが零れている。途中で切れたそれこそ、リディアのロケットなのだろう。

リディアは身につけていたペンダントを外し足早に近づくと、セルジュの前にそれを掲げた。

「これはあなたのね。どうしてこれを持っているの」

ターコイズブルーの瞳は虚ろで、何を見ているのか分からない。まるで幻でも見ているかのような表情だった。

ちらりと視線を横に流し、増えている花に目を遣る。

リディアが出て行った後、ひとりでこれを買いに行ったのか。だとしたら、その理由はなに。どうして今、彼はこんなにも壊れそうな顔をしているの。

ベナールから聞いたセルジュの仕草は、リディアがよく知るものだった。彼の後ろめたさを表すその行動こそ、疑念に対する答えのような気がしてならない。けれど、どうしてもその言葉をセルジュの口から聞きたかった。

じっと彼の言葉を待っていると、やがて焦点の合った目がリディアを捉えた。じりじりと目を見開き、笑ったのだ。

これまで見てきた人を蔑む冷笑ではなく、泣き笑いのような微笑。

「なぜ、戻ってきたのですか」

問いかけた声は震えていた。

「千載一遇の機会だったのですよ。逃げ出すなら今しかありません」

「――まるで一生逃げられないような言い方をするのね。私は終着駅で捨てられるのでしょう」

詰れば、失笑が返ってきた。が、クッと表情を歪めた直後、攫うように腰を引き寄せられる。腹部にセルジュが顔を埋めた。

「セルジュ」

「――まだその名で私を呼んでくれるのですね」

押し黙ると、自嘲ともとれる吐息が体に当たった。

「いいですよ、もう。あなたの好きな名前で呼んでいただければ」

吐き出された言葉には悲壮感すら漂っている。

（いったい、どうしたというの）

身じろぎもせずじっと息を潜めている姿は、まるで母親に縋る幼子のようだ。

「――記憶が戻っているの」

セルジュは沈黙を選んだ。その代わりに、抱きしめる腕にもう少しだけ力を込める。

この時をどれだけ待ちわびていただろう。何百とひとりで過ごした夜に星の数ほど思い描いた願望。五年経って、今度こそ願いが叶ったはずなのに、どうして心は苦しいままなの。

（――酷い人）

その瞬間、リディアの中で何かが切れた。

セルジュの体を押しやり、綺麗な造作を両手で囲い上を向かせる。苦悩に満ちた目を強く睨みつけた。

「手放せばすべてが終わるとでも思った？」

発した声は驚くほど冷めていた。

憎まれていると思っていたから従順になった。

「私を苦しめたかったのでしょう？　記憶が戻った途端、しでかしたことが恐ろしくなった？　私に触れるのが怖くなったのね」

「リ…ディア？」

彼の鬱積をこの身で受け止めることが、彼への贖罪なのだと思っていた。

「あなたはいつだってそうだったわ。必死になるのは私だけ、あなたは目の前にある現実を受け入れるだけだった。――私はあなたを捨てたわけじゃない。愛した人を捨てるはずなんてないじゃない！　あの日、違う女を庇って私を突き放したのはあなたよっ。他人を見る目で睨まれずぶ濡れにされてどれだけ惨めだったか、必要とされていないことを思い知らされてから五年、どんな思いでいたかなんてあなたには絶対に分からない！」

ひとりがたまらなく寂しかった。支えてくれる人などいない中で生きていかなければいけないことが、どれほど苦しくて孤独だったかなど、恵まれた環境にいたセルジュにだけは分かってほしくなかった。

何度生きるのを止めてしまおうかと思ったことか。現実から逃げ出したいと真剣に悩んだことも数え切れないほどあった。

それでも生きてきたのは、またセルジュと愛し合える日が来るかもしれないという希望を捨て切れなかったからだ。

しかし、現実は残酷だった。

セルジュはリディアを恨んでいただけでなく、卑しい女だと罵った。挙げ句、彼は輝かしい将来と婚約者まで手に入れていたではないか。

見せつけられた現実がどれほど口惜しかったことか。セルジュの傍にいることを許されたシャルロットがどれだけ羨ましかったかなど、絶対に口にしたくない。

なのに、セルジュは記憶を取り戻した途端、すべてを白紙に戻そうとした。謝罪の言葉ひとつなくリディアをベナールに託したのは、彼の狡さでなければ何だというのか。

「成功者になってもあなたは五年前と何も変わっていない。あの時もあなたは私を連れ出したことを後悔していた。本当は引き返したいと思っていたんじゃないの」

驚愕に染まる目がリディアの疑問を肯定していた。

セルジュがペンダントを触る時は、大抵心に迷いがある時だ。無意識の行為は誰だって気がつきにくい。けれど、リディアも同じ癖を持っているから、彼の気持ちが分かる。これを触っているとなぜか心が安らぐのだ。

「なんて愚かで弱い男なの。私の愛を少しも信じていなかったのね。あなたを愛している、そう何度も言ったはずよ！」

リディアは本来淑やかでも、物言えぬ臆病者でもない。己の信念を貫く為なら声も上げるし、時には無謀なこともする。何もしないうちから白旗を上げたりはしないのだ。

だからこそ、土壇場でリディアを放り出したセルジュが許せなかった。

「どうしていいか、分からないのでしょう？」

「私は……」

「虚勢を張って見せかけだけの矜持に隠れたって駄目よ。誰よりもあなたを見てきたのは、この私よ。その目が口ほどにものをいうことを知っているの。冷徹な男を気取るには、あなたは優しすぎる。非道になり切れないから私を解放したの。——違うわね、本当は鬼畜になる勇気がなかっただけよ」

「——ッ！」

驚愕を核心と取ったリディアは目を眇め、悲壮感にまみれた瞳に問いかけ続ける。

絶望に逃げるなんて、絶対に許さないんだから。

「虫も殺せないあなたが私を貶めることなどできるはずがない。優しくて、けれど優しいからこそ優柔不断なのがあなた。駆け落ちも私がせがんだからでしょう？　いつだってあなたは人生の選択を他人任せにするの。だって、その方が楽ですものね」

「ちが…う、私は」

「あなたは臆病者だわ」

セルジュがみるみる目を見開き、喉を上下に揺らした。見透かされていたことに今まで気がつかなかったなんて、愚鈍な人。

「今度は私があなたを捨ててあげましょうか」

「リディア、私は……っ」

弱くて卑怯で、激情家のくせに意気地なしで……でも、優しい人なの。

縋る彼の目を見つめて、「馬鹿ね」と呟く。

「そんなこと……私ができるわけないじゃない」

セルジュを捨てることは、死ねと言われているも同然。離れる時はどちらかが天に召される時だけだ。

けれど、リディアはもう周りを顧みられない子供ではない。五年の時間がふたりの環境を変えたことも分かっている。彼は今、ノエリティ社社長という責任ある立場にいて、婚約者もいる。彼の未来は輝きに満ちていた。

（大丈夫よ、今度も私が決めてあげる。私を悪者にして）

だからこそ、乞うのだ。

「思い出してくれてるなら、お願い。この列車の中だけでいいから、昔のように私を愛して。あなたの愛を私にちょうだい」

強要された愛人関係は今、リディアの懇願になった。セルジュが目を見張る。滑稽だと笑われてもいい。

選んだ道が終焉へと続いていてもいいの。

この先、一生分の愛を私に植えつけて。その思い出を胸に抱いて、消えるから。

揺れる彼の瞳に自分の姿が映っている。泣き笑いをしているのはリディアの方だった。

一生に一度の恋に身を焼かれるのなら、本望だ。

「セルジュ、お願いよ……」

哀願を口にした直後、奪うように唇を奪われた。

☆★☆

「も……、セルジュ！　これ以上は駄目だって」

泡だらけの浴槽の中、後ろからリディアを抱き込んだセルジュがここぞとばかりに悪戯を仕掛けてくる。

「洗っているだけですよ」

「どこがよっ！」

見えないからと思って調子に乗って。下肢のつけ根を弄る手はどう考えても洗っているとは思えない。甘えた仕草で顔を擦り寄せる男をねめつけ、何度も逃げようと試みるも、その度に失敗し腕の中に引き戻される。

「走ってきて汗をかいたから」

そんな理由で、ベッドに連れ込まれそうになったところをすんでで止めたはいいが、やっていることはたいして変わらないとはどういうことだ。

「もう何もしませんから、傍にいてください」

「嘘ばっかり！　そう言ってまた……、ん」

しっとりと重なった唇で抗議の声をかき消される。

「本当です。その代わり、話をしませんか」

濡れた髪を後ろへ流し、惜しげもなく美貌を晒す微笑は、ぞくりとするほど官能的だ。たくましい胸板も、しなやかな筋肉がついた腕も見ているだけで胸がときめく。

「は、話をするだけよ」

「はい」

（……嬉しそうに笑わないで）

纏っていた冷酷さを剝げばリディアが知っている〝セルジュ〟がいた。温度のある声音と微笑でねだられれば嫌とは言えないのだから、恋は確かに落ちた者が負けなのかもしれない。

おずおずと彼の胸に背中を預けると、セルジュに手を取られた。指の一本一本を確かめるような仕草の後、「小さい手ですね」と言われる。

彼の手のひらと重ね合わせれば、関節ひとつ分は違った。

「この手でアリスを守ったのですね。人のなだれに巻き込まれたと聞きました。私と別れてから起きた、あの傾きでですね」

「……ええ、あそこに集まっていた人が一斉に床をなだれ落ちたの。私はその中で偶然端の方に流れたから、それほどではなかったんだけれど」

「でも、背中を強打したのでしょう」

労りの言葉にリディアは小さく首を横に振った。

「それでも運が良かったと思うわ。こうして命があるんですもの。けれど、ベナール夫人はそうじゃなかった。目の前で消える命に私はどうすることもできなかったわ」

「アリスを守ったではありませんか。あの子が家族のもとへ帰れたのはあなたのおかげですよ。ベナール伯爵の感謝を感じませんか？」

記憶を取り戻す前はあれほど彼を煙たがっていたのが嘘のような言葉に、つい含み笑いが零れた。

「今、私のことを現金な奴だと思いましたね」

ねめつけられても、実際そうなのだから仕方がない。

不本意だと言わんばかりに口を尖らせた彼の抗議を、合わせた手に指を絡めることで宥めた。

「あの人はとても世話好きな性格なのよ。困っている人を見ると放っておけないの。マリアも気が気じゃないでしょうね」

「どういうことですか？」

まだ少し拗ねた口ぶりでセルジュが問いかける。

「ふふっ。あのふたり、もうすぐ結婚するのよ。マリアのお腹の中にはベナール様の赤ちゃんが宿っているの」

思い出し顔を綻ばせると、「そうだったんですか」とセルジュがホッと息を吐いた。それから彼は繋いだ手をじっと見つめぽつりと言った。

「赤ん坊の存在が彼の悲しみを癒してくれるといいのですが……。彼に言われました。手にしている幸運に気づけ、と。愛する人を失った彼に比べれば、確かに私は幸運です。またあなたを抱きしめられているのですから」

沈んだ声はベナールの心中を慮っているのだろう。

「どこまで思い出しているの？」

問いかけにセルジュが微笑む。

「あなたは私や父の真似をして、よく土いじりをしてはミミズや虫を捕まえて遊んでいましたね。木登りをするあなたにはいつもハラハラさせられました。中庭の迷路に迷い込んだあなたを私は何度捜しに走らされたことか。そのくせあなたはケロリとした顔で庭木の傍で蹲って私を待っているのですから……」

「――それって、全部ってことじゃない」

恥ずかしい過去を嘯《うそぶ》いたセルジュにむくれると、声を立てて笑われた。

「父が私の成功を喜んでくれているそうです。ベナール伯爵が教えてくれました」

「えっ、それじゃあベナール様は私の家へ行ったの!?」

「あなたの無事をクレマン子爵にもお伝えくださっていたようです」

わざわざその為に彼は大陸を渡り、父を訪ねてくれたというのか。彼の心の広さにはもう感嘆と感謝しかない。

だが、あの父のことだ。

「それで、お父様は何て？　勝手に出て行った娘のことなど知らない、とでも言ったのかしら」

「……リディア……」

自嘲を否定されないあたり、そうなのだろう。

「どうしてグリーンバイツではなく、トゥインダで暮らしているのですか？　流行を追うのなら断然首都の方がいいはずです」

「……グリーンバイツは人が大勢いるでしょう？　あの事故以来、人の集まる場所が苦手なの。それに、私のことを誰も知らないところで一から出直したかった」

あとは、少しでもセルジュから遠く離れた土地へ逃げたかったからだ。

セルジュが緩くリディアを抱きしめる。

「あの店は、ベナール伯爵が？」

「そうよ、彼の口利きで雇っていただいたの。とても気さくなご夫人で、ご主人を亡くされてからはおひとりであそこを切り盛りしていらっしゃって。働いたことのない私に根気よくたくさんのことを教えてくださったわ。それこそ鋏の使い方からね」

「よく五年で店を任されるようになりましたね。あなたの実力と努力の賜物です」

「そんな大げさだわ。あなただって社長にまでなったじゃない」

謙遜すれば、「私の場合は違います」と言われた。

「どういうこと」

「私はおそらく意図的にこの道を歩まされてきたのだと思います。まだ確信はありませんが、間違いはないでしょう。でなければ、僅か五年足らずで庭師だった私が企業のトップの椅子に座れるとは思えません」

「セルジュ……」

己を振り返る口調は、少し悲しく聞こえた。

セルジュを起業家として成功させることで利を得る者。リディアにはひとりだけ思い当たる人物がいた。

「シャルロットと婚約をしたのは……」

その名に、セルジュの瞳が翳った。

「――彼女は、大切な存在です」

（そう……よね、でなければ婚約などしないもの）

俯くと、抱きしめる腕に力が込められた。

「ですが、あなたへ抱く感情とは違う。大切に思うのは恩人だからという感謝の気持ちがあるからです」

「私がベナール様へ感じている気持ちと同じね」

「ええ、あなたから〝大切な方だ〟と言われた時、嫉妬しました。仮に、シャルロットから同じことを言われたら、私は彼女の幸せを願い身を引いたと思います。――あの時は酷い抱き方をしてしまいましたね」

すみません、と詫びる声にリディアは彼の腕を撫でながら首を横に振った。

「でも、もうしないでね」

「誓って二度としません。あなたを恨むなど端《はな》からお門違いだったのです。ブノア邸でのことも……。突き放したのは私の方なのに、私は自分にとって都合のいい事柄しか拾わなかった。忘れていても憎しみを抱くことで、あなたと繋がっていたかったのです。……勝手ですね」

チャポン、と水面を打つ音が響いた。

「――当時の私は迷っていました。あなたと旦那様との間にできた亀裂に気づいていたからこそ、駆け落ちをしたことを後悔していました。これはベナール伯爵が父から聞いた話なのですが、旦那様は感情を表現するのがとても苦手な方だったそうです。奥様を亡くされてからは、あなたへの接し方に戸惑いを覚えていたと。あの屋敷であなたへ優しさを教えるのは奥様のお役目でしたから」

「父が……？」

いつも不機嫌そうな顔をしていた父がそんなふうに感じていたなんて、考えもしなかった。

「旦那様はあなたが本当に望む伴侶を見つけた時には、身分に関係なく結婚を認めるおつもりだったようです。薄々私達のことにも気づいていたとか。だからこそ、あなたを厳しく躾け、私を支えられるだけの力をあなたに与えようとされていた。それが、旦那様なりに考えた親心だったのでしょう。今思えば、あの縁談はあなたから本心を聞き出す為のきっかけ作りだったのではないでしょうか。私はそんな旦那様のお心も考えず、あなたへの愛を諦め切れないという思いだけで逃避という手段を選びました。立ち向かう勇気のなかった私は情けないですね」

「そ……んな、だったら私のしたことは何だったの」

どうせ、父にセルジュとの交際は認めてもらえない。そう思い込んでいたからこそ、押しつけられた婚約が嫌で屋敷を飛び出したのだ。父に自分の想いをぶつけようなどとは思いもしなかった。

しかし、今のセルジュの話が本当ならば、リディアには違う道があったということだ。父との衝突を嫌い、楽な道を選んだことで回してしまった歯車の結末が、これだ。

父と話し合うこと。それはこの世でもっとも無駄なことだと思っていたリディアが招いた不幸。戻らない時間を嘆いても仕方がないが、当時の自分があまりにも浅はかだったことを痛感させられた。

背を向けていても親子なのだから、伝わる言葉があるはずだったのに。

後悔に沈むと名を呼ばれ、さらに抱きしめる腕に力が込められた。

「道を違えたのは私です。ならば、けじめも私につけさせてください」

「どうするつもりなの」

不穏な雲行きを訝しめば、セルジュはにべなく言い切った。

「あるべき姿に戻るだけです」

「それって……、今の生活を手放すってことっ⁉　だって、あなたはもうノエリティ社の社長なのよ！　そんなこと簡単にできるはずないわっ」

体を起こして、真顔の美貌を凝視する。

「言ったはずです、この地位は私の実力ではないと。ならば、社長職になるべき人間は本来別にいたはずです。私が歪みの原因なら、正すべきだと思いませんか」

「それは……、でもっ」

セルジュの言い分は一理ある。けれど、それが正しい道なのかはリディアには分からなった。

リディアの望みは再びセルジュを恋人だと呼べる日を取り戻すこと。けれど、それは叶わない夢だと言うことも分かっているから、この列車限りの愛人になろうと決めた。

なのに、彼はリディアの為に築き上げたものを手放すと言うのだ。

傍に寄り添うと言われたことが嬉しいはずなのに、大手を振って喜べない自分がいる。

（私はまた彼の未来を潰してしまおうとしているのではないの……？）

もうセルジュにはリディアの為に犠牲を払ってほしくない。

浮かない顔を慰めるように、セルジュが頬に口づけた。

「そんな顔をしないで。私がそうしたいからするのです。あなたが気に病むことなどありませんよ」

「でも……」

「あなたが必要なのです。たった半日離れただけで私は正気ではいられなかった。もうあなたなしの時間など考えられない、傍にいてほしいのです。仕事のことも婚約のことも必ず方をつけます。シャルロットには分かってもらえるまで何度でも話をします。時間はかかるでしょうが、あの方は私の恩人だ。いい加減なことだけはしたくありません。とは言うものの、あなたとこうしている私が言えた言葉ではありませんね。先に幸せを手にしてから今の幸せを捨てるのですから」

そう言って、額と額を擦り合わせた。

「こんな私ですが、それでも待っていてくれますか」

震えた声音での懇願。冷徹を演じても、彼は心の優しい男だ。シャルロットの婚約者のまま、リディアと約束を交わすことがどれほど身勝手なことかも分かっているのだ。

「……あなたはそれでいいの？」

「あなたを失うくらいなら地位などいりません」

「──え」

目を見張ると、セルジュが寂しげに笑った。

「終着駅で列車を降りたら私の前から永遠に消えるつもりだったのでしょう？」

でなければ列車の中だけでなどと言いません、と悲しげに眉を下げた。

余計なことを口走った動揺を隠すように目を逸らせば、すぐに頬を両手で包まれた。啄むように口づけられ、愛していると囁かれる。

「迷わないで、私の傍にいてください」

「セルジュ……」

「頷いてくれませんか」

縋る目で乞われても、まだ躊躇いは消えない。

彼とて、シャルロットを傷つけたくないと思っているはずだ。しかし、唯一だと思うものを手に入れる為には、別の何かを手放さなくてはいけないこともある。すべて手に入れられるような幸せはそうそうないだろう。

彼は弱い自分を認めることで強くなろうとしている。誰かに流されるのではなく、自分で運命を切り開いていこうとしている。

(私は彼を愛している)

その想いに嘘はない。ならば、彼の選んだ道を共に進むことに躊躇いは必要ないのではないか。

セルジュは再びリディアを選んだ。

だったらリディアも腹を括らなくてはいけない。魂が望んでいることは、いつだってひとつだけだったはずだ。

(彼と一緒に生きたい)

「……店先にリリーの花を置いているのはね、あなたへの目印のつもりだったのよ。あなたが私に似ていると言ってくれた花を飾ることで、あなたに私を見つけてほしかったの」

「リディア」

五年もかかってしまったけれど、彼はちゃんとリディアを見つけてくれた。

「待ってるわ。あなたが私を思い出してくれたのなら、何年かかってもあなたを待てると思うの。だから、今度こそ迎えに来てね」

綺麗な頬を両手で包むと、温かい水滴が当たった。なんて綺麗な涙を流す人なんだろう。

「リディ……ッ」

わななく唇がリディアを呼び、震える手が両手に重なった。強く握りしめられた手から、彼の決意が伝わってくる。

「必ず迎えに行きます」

小さな、けれどはっきりとくれた約束に微笑み、リディアは初めて自分から唇を重ねた。

☆★☆

リディア達が睨み合いをする扉の前で女はよれた写真を握りしめていた。

今宵は列車最後の夜。乗客達はみな食堂車で催されている夜会に出かけて、客室車両は閑散としていた。

ようやくここまで来た。

（私の可愛い子……）

写真に写るうら若い娘の姿を指でなぞり、女は皺だらけの顔を歪めた。

もう少しで手に入るよ。

（お前が欲しがっていた男を連れて行ってあげるからね）

男によって救われた命は、同じ男の手で奪われた。

『見て、母さん！　素敵な人でしょうっ。私の王子様なのよ』

嬉しそうに写真を見せる娘の姿は今も瞼にこびり付いて離れない。どうして娘は死ななければいけなかった。なぜ、突然命を絶った。

やりきれない怒りはのちに娘から届けられた一通の手紙で怨嗟となった。

アベル・オータンは娘をぼろ雑巾のように捨て、貴族の娘シャルロットを選んだ。

悪魔とは人の心を惑わすほど美しい容貌を持つという。女は確かにその目で悪魔を見た。

必ず制裁をくわえてやる。

娘の前に引きずり出し、詫びさせてやるぞ。

「ひひ……」

女は気味の悪い愉悦を零し、悪魔を焼く業火を求めて、ゆらりゆらりと通路を歩いて行った。

第六章

浴室での戯れの後、リディアはセルジュに連れられ夜会会場へ足を運んだ。

煌びやかなシャンデリアが灯す空間に、一風変わったいでたちをした乗客達が集う。この日の為にあらかじめ部屋に用意されていた鼻まで隠れる仮面をつけた面々が艶やかな衣装に身を包み、夜の蝶となって最後の夜を楽しむのだ。

「素敵」

「気に入りましたか」

うっとりとした口調にセルジュも嬉しそうだ。

ベナールに託したままのトランクケースは、あのあと乗務員が運んできてくれた。リディアは出るつもりは無かったのだが、仕立てたドレスを見たセルジュが「ぜひ」と参加を望んだのだ。

大きく片方の肩を出した薄桃色のロングドレス。歩く度になびくドレープと、ビーズやラインストーンで装飾した花のベルトが印象的な一枚。シンプルだがシルエットの美しさを求めたそれは、薄紫色の瞳を持つリディアによく似合う。

セルジュも光沢地のスーツに身を包み、仮面をつけていた。

顔を隠している分だけ、彼の醸す妖艶な色香が増している。歩く度に揺れる金色の髪、優雅な立ち居振る舞い、口元だけの微笑は貴婦人達の視線を釘付けにしていた。

そして目立ちすぎる美貌は、仮面を被ったところで素性を隠しきれない。彼がアベル・オータンであることを知る男達は、こぞってセルジュに声をかけてきた。

「これは、シャルロット嬢もご一緒でしたか。仲のよろしいことですな」

鷹揚に笑う声に、リディアはたおやかに微笑みを返す。同じ目をしていることで、仮面をつけたリディアをシャルロットと見間違えているのだ。

髪の色こそ違うものの、今夜は仮面舞踏会。自分がシャルロットと似た背格好だったことを思い出す。おそらく彼の中で都合よく解釈されているはずだ。

セルジュ達は談笑を交じえながらも、話している内容の七割は事業に関連するものだった。

男の風采から、彼もかなり地位のある人間なのが見て取れる。醸し出す雰囲気はこちらを圧倒するものがあった。そんな男を相手に渡り合えるセルジュが眩しく見える。

彼は今の地位を自分の実力で得たものではないと言ったが、リディアにはそうは思えない。何の努力もなく就ける地位ではないはずだ。リディアの知らない時間の中で、彼は自分の居場所を確立させる為に血の滲むような努力をしたに違いない。

経験が足りないところは知識で補い、偉人達からの声に耳を傾け、真摯な姿勢で取り組んできたのだろう。そういう姿をリディアは知っている。彼は目標に対して努力を惜しまない人だ。

談話相手の男もセルジュに好印象を抱いていることは、彼の口ぶりから感じとれた。

今、隣に立つセルジュから己への劣等感は伝わってこない。

（本当にいいの？）

彼は今の居場所を捨てることができるのか。

躊躇いは持たないと決めたはずなのに、起業家としての姿を見て決心が揺らいだ。

その時、ぎゅっと腕に乗せていた手を握りしめられた。ハッとすると、綺麗な瞳が心配そうにこちらを見ている。

「迷わないでと言ったはずです」

今の彼には、リディアの心が分かるのだろうか。戸惑いを見透かされ、リディアは微妙な笑みを浮かべた。

「あと少しだけ愚か者でいることを許してください」

それは地位を捨てようとしていることを言っているのだろう。彼の人生なのだから、彼が進みたいように歩めばいいと思う。しかし、この姿も彼が望んでいたひとつの形であることには違いない。

「セルジュ、私なら」

日陰者になってもかまわない。

そう言おうとした矢先、触れるだけの口づけをされた。

「今夜は余計なことは考えないで。夜会を楽しみませんか?」

言って、リディアの手を取り、指先にも口づけた。

「一曲踊っていただけますか」

優美な誘いに、リディアは頷いた。ダンスなんてもう何年も踊っていないけれど、手を引かれ、輪の中に入りホールドの姿勢をとった後は自然と体が動いてくれた。

「素晴らしいリードね」

「お褒めにあずかり光栄です」

力強いリードにドレスが美しく弧を描く。一曲はあっという間だった。

いつの間にかリディア達の独壇場となっていた会場からは、曲が終わった途端わっと割れるような拍手が沸き起こった。セルジュに促され、一礼する。何だかこの瞬間だけ祝福されているような錯覚を覚えてこそばゆかった。

すぐに次の曲が流れ、リディア達は壁の方へと身を寄せた。待ち構えていた男達の視線を感じたが、セルジュが片時も傍を離れないせいか誰もリディアに声をかけようとする者はいない。確かに、これほど煌びやかな男の後で、リディアの相手をしようという勇者はいないのかもしれない。

姿に思わず吹き出した。

「一曲くらいかまわないわよ？」

「私が嫌なんです。あなたに触れていいのは、私だけだ」

拗ねた口調に目を丸くすると、セルジュがぷいっと顔を横に向けた。あからさまな嫉妬を口にしたのが恥ずかしかったらしい。給仕の持ってきたマティーニを受け取り飲み干す姿に思わず吹き出した。

ダンスの相手くらいなんてことはないのに。

忍び笑いが止められずにいると、いい加減業を煮やしたセルジュが頤《おとがい》を摑んだ。
「んっ」

人が大勢いる前で仕掛けられた口づけ。合わさった唇からオリーブの実が放り込まれる。それを追うように侵入してきた舌が口腔を蹂躙する。

オリーブを転がしているのか、それともリディアを味わっているのか。どちらともとれる行為に驚いたのも初めだけ。口に広がるアルコールの香りと妖艶さが満ちる空間に意識は容易く呑まれた。
「ん……ぁ」

口の中を転がる果実の感覚と舌からの愛撫に夢中になってしばらく、それは唐突に終わりを告げた。舌でオリーブの実を取られ、離れた唇に吐息が当たる。仮面の奥に光るターコイズブルーの瞳には欲情の焔が宿っていた。
「あなたが欲しい」

直接的な誘いに、一秒で体の温度が上がった。腰に回された手に促され会場を後にしかけた時だ。

「オータン様っ」

控えめであるが緊張を孕んだ声がセルジュを呼び止めた。振り返れば乗務員の男が立っている。男はセルジュにだけ聞こえる小声で何かを耳打ちすると、にわかにセルジュの表情も険しくなった。

「先に部屋に戻っていてください。鍵はかけて、私が戻ってくるまで決して誰も中には入れないで」

そう言い残すと、彼は乗務員と共に反対方向の扉へと歩いて行った。

(何かあったのかしら、誰も中に入れるなだなんて変なセルジュ)

まるで誰かに狙われてでもいるかのような口ぶりじゃないか。

呆気にとられていたが、彼の言うとおり部屋に戻ろうと会場に背を向けた時、ひたり……と背中に何かが宛てがわれた。それはドレス越しでも戦慄を覚えるほどの鋭利な何か。背後に立った人の気配に体中の血の気が引いた。

「泥棒猫」

うなじあたりで囁かれた悪罵《あくば》。抑揚のない声音はひたすら冷たく、ざらりと体の内側を撫でられる薄気味悪さを孕んでいた。可憐さを持つからこそ余計に、発した言葉に込められた悪意を感じる。

五年ぶりに聞いた声なのに、リディアにはその人物が誰なのかはっきりと分かっていた。

「シャルロット……」

「私の婚約者を返して」

歩け、と背中を押される。連れて来られたのは列車の先頭部にある客室だった。扉に背をもたれていた男が、リディア達の到着を待って体を起こした。薄暗がりから顔を見せたその男は、リディアを見てにやりと口端を上げた。

「待ちくたびれたぜ、シャルロットお嬢様」

「あなた……、ロギーッ!?」

よもやの再会に、リディアは目を見張った。

（どうして彼が。それに今、確かにシャルロットの名を呼んだわ。どういうことなのっ？）

彼の口ぶりは明らかに親しい者に対してのものだ。呆然とするリディアの後ろで、シャルロットはフンと鼻を鳴らし、「縛りつけてちょうだい」と素っ気なく命じた。

高慢な物言いに嫌な顔をすることもなく、ロギーは持っていた紐でリディアを後ろ手に縛る。投げ込まれるように背中を押された。前につんのめった拍子にドレスの裾を踏んでしまい、受け身を取ることもできず床に転がる。

「明日には終着駅よ。それまであなたはここで大人しくしていてちょうだいね」

「――ッ!?」

振り返れば、シャルロットが満足そうにほくそ笑んでいる。あどけない面が浮かべる微笑の冷たさにぞくり…と鳥肌が立った。

「ロギー、あとはお願いね」

「はいはい」

ひょいと肩を上げ、立ち去るシャルロットからやれやれといった表情でナイフを受け取った。扉を閉めて改めてリディアに向かい合う。

「悪いな、リディア。俺のお嬢様は最高だろ?」

粗野な口調にはリディアが知る彼とは違う印象を受けた。おそらくこちらが本当の姿なのだろう。

昼間見た姿はやはりロギーだったのか。彼がこの列車に乗っているなんて夢にも思わなかったリディアは、ギリッと視線を強めた。

「どういうことなのっ!」

「どうもこうも、見たままだよ。俺はお前がトゥインダに来てからずっとお嬢様に言われてたんだ。リディアを落とせってさ。俺だってはじめは冗談じゃないって思ったけどさ、報酬として新規の上客を斡旋してくれるって聞いちゃ、やらないわけにはいかないよな。なにせ俺はいずれグリーンバイツで成功する男だ。人脈は作っておくに越したことはないからな、リディアも俺と顔を合わすたびに仕事しろって言ってただろ」

「だから私につきまとっていたのね」

「どこかのお嬢様だからって言うから、てっきり世間知らずで楽に落ちるかと思ったけど意外に身持ちが堅いんだよな、お前。しおらしくしてりゃ可愛がってやったんだぜ？　美人だし胸もでかいしな。でも、お嬢様の男に手を出したのはまずいわ。あの人は天使みたいな顔してるけど、中身は魔女だ。ま、そこがたまらないんだけどな」

ひひっと笑い、ゆっくりとリディアに近づいてきた。

「夜は長いんだ。今夜はじっくり楽しもうぜ。ヤってたんだろ、あの色男と」

下劣な言い方に嫌悪を覚える。どこか胡散臭いと思っていたけれど、まさかこんな裏事情があったなんて。

顎を摑んで上を向かされると、下品な視線が舐めるようにリディアを見た。服の上から視姦されているようで気持ち悪い。

「じ、冗談じゃないわ！」

ぞぞっとおびただしい悪寒に身震いし、手を振り払うように顔を背けた。

「強気なのはいいけどさ、状況見て言えよ。嫌とか言える立場か」

ひたり…と首元にあてられた冷たい刃。目を剝けば愉悦交じりの声に歪んだ表情が眼前にあった。

ロギーは完全にこの状況を楽しんでいる。さしずめ自分を捕食者か何かに置き換えているのだろう。手に持つ刃が彼の牙に力を与えている。だとすれば、目の前にいるリディアは手の中でいたぶる獲物。

（逃げ出さなくちゃ）

こんなところでロギーの好きにさせてたまるものか。けれど、唯一の出口は彼の後ろだし、今は手の自由を奪われた上に決して機能的ではないドレスを着ている。状況は彼の言うとおり芳しくない。だからといって大人しく彼の手に落ちるなんて絶対に嫌だった。

クックックッと笑うロギーを見据えながらも、必死に逃走の手段を考えた。

「こんなことをして後悔しないの。自分が何をしているのか分かってるでしょう!?」

「お〜ぉ、強気だね。まだそんな口が利けるのか。お前、馬鹿だな」

グッとナイフを押し当てられ、皮膚に痛みが走った。

「あ、あの子に顎で使われているのよっ。悔しいと思わないわけっ!?」

「ぜ〜んぜん、長いものには巻かれる主義なんだ。楽だぜ?」

十歳以上も年下の少女にいいように扱われながらもまったく気に留めない男。それどころかロギーはシャルロットを崇めている口ぶりだった。

「最低な人ね」

唸るように吐き捨てれば、それこそ賛辞だと言わんばかりにロギーが目を輝かせた。

「はっ、それならあの色男だって似たようなもんじゃねーか。お嬢様のお気に入りだろうがよ」

「彼は努力の人なの、あなたみたいに打算で動いたりしないわっ」

「努力ねぇ」

間延びした声で反駁し、ふんと鼻を鳴らした。

「確かに五年でノエリティ社の社長になったことは褒めてやるよ。でも、それだってお嬢様やブノア伯爵の後ろ盾があってのことだろうが。俺だって同じ立場だったら、それくらいやってみせるさ」

「嘘ね、あなたはすぐ楽な道へ逃げるに決まってる。野心と向上心は違うわ、十年経ってもあなたはセルジュみたいにはなれないっ！」

みるみる吊り上がっていく双眸を見据えながら、ナイフの存在を忘れ彼の浅はかさを詰った。

そんなだからシャルロットにつけ込まれたのだ。

毎日親の金で遊び歩いているロギーがセルジュと同じ道を歩けるものか。たとえ同じ立場に立ったとしても、彼のことだ。三日で音を上げるだろう。

彼の言葉が軽く聞こえるのは、そこに信念がないから。楽をして成功を得ようとする安易な考えを改めないうちは、何をしたって続かない。グリーンバイツどころかトゥインダでも成功などないだろう。

シャルロットはそんな彼の性格を見抜いていたのだ。セルジュの件といい、彼女は言葉巧みに他人を思い通りに動かせる力を持っている。それは持って生まれた才能なのか、それとも社交界という特異な場所で養われた力なのか、彼女はどう振る舞えばロギーを従えられるか知っていた。あどけない造作の下に垣間見たシャルロットのもうひとつの顔に言いようのない嫌悪を覚える。

こうしている間にもシャルロットはセルジュに会いに行っているに違いない。彼はリディアが部屋にいないことを不審がるだろう。だが、もし彼女のつく嘘を真に受けてしまったら？　セルジュの決心を覆してしまうくらいの言葉を彼女が持っていたら、今度こそ彼を失ってしまう。

（そんなの嫌よっ！）

「お願い、こんな馬鹿なことは止めて！　今すぐ私をあの人のところへ帰してっ」

「――お前、やっぱり馬鹿だわ」

「え――、きゃっ!!」

胸倉を掴まれ思いきり横へ投げ飛ばされた。痛みに顔を歪めながら振り仰いだ直後、顔のすぐ横にナイフが突き立てられた。

「――ッ!!」

「お前まで説教かよ！　親父と同じこと言いやがって、うんざりなんだよっ！　楽して金儲けができりゃ最高だろうがよっ、それの何が悪いってんだ!!」

突如ロギーは獣のような雄叫びを上げ、髪を掻き毟った。

「どいつもこいつも俺を否定しやがって！　俺はやれるんだ、成功する人間なんだよっ！お前ら凡人とは違うんだっ、何が努力だ、汗臭いこと言ってんじぇね――ッ!!」

ぎらついた双眸は怒りに満ちている。

「お嬢様だけは俺を認めてくれた。天使みたいな顔で〝凄いわ〟て言ってくれた。そうだよ、俺は凄い男なんだ。あんな顔しか取り柄のない男とは違うんだよっ、なぁ、そうだろっ!?　なのに、どいつもこいつもあの色男ばかり持ち上げやがって……っ。お嬢様まであの男に狂いやがった！」

吐き出す鬱憤は支離滅裂だった。鬱積した不満とセルジュへの嫉妬に加え、シャルロットのセルジュへの執着に焦燥を覚えたのだろう。

自分だけのお嬢様が、自分ではない誰かを褒め称え認める。シャルロットを唯一の肯定者と思っていたロギーにとってそれは耐えがたい屈辱だったに違いない。

「お嬢様の頼みなら何でもするさ、当然だろ！　そうすりゃ俺はまたあの人に認めてもらえる。〝えらいわ、凄いわね〟って……褒めてもらえるんだぜ？」

まばたきひとつしない目がひたすらリディアを見ている。いや、リディアを通してシャルロットを見ているのかもしれない。彼女と同じ薄紫色の目がロギーを混同させているのだ。

脳裏にシャルロットの足下にひれ伏すロギーの姿が浮かんだ。膝に顔を押しつけるロギーの髪を撫でる少女は天使などではない。

けれど、シャルロットに傾倒し心酔しているロギーはそれに気づかない。今のロギーは主の命を忠実に実行する犬だ。

（どうすればいいのっ!?）

その時だった。

近くの部屋から硝子の割れる音が響き、次に何かを投げ入れられる音がした。ロギーの注意がそちらへ向けられる。

「ひ…ひひっ、ひゃひゃ……」

誰かの引き攣った笑い声が扉の前を通り過ぎて行く。訝しんだロギーがチッと舌打ち、様子を見に部屋を出て行った。離れて行く狂気にほっと息を吐き出したのもつかの間、

「うわぁぁ――――っ!!」

絶叫を上げて、ロギーは脱兎のごとく通路を駆けて行った。

(なにっ!?)

呆気にとられた次の瞬間、警報装置が鳴り響いた。けたたましい警報音に身を強張らせたその時。爆発音と同時に襲ってきた衝撃波に体が真横にはじき飛ばされた。

☆★☆

乗務員に呼ばれて行った部屋には、セルジュの写真がおびただしいほどばら撒かれてあった。それだけでも異常だったが、おぞましさを覚えたのは写真の顔がどれも赤く塗り潰されていたことだ。

そこは本来ならリディアが使うはずだった部屋。聞けば、この部屋の乗客はほとんど姿を見せなかったという。

トゥインダの駅でリディアが切符を譲った、あの老婆がなぜ。

老婆は一度も部屋の中に人を入れようとしなかったという。ようやく扉が開いていることに気づいた乗務員が訪ねてみれば、中はもぬけの殻。残されていたのはセルジュの写真と空になった空き瓶が数本だけ。

面識のない老婆から向けられた異常なまでの敵意に、ぞくりと背筋が震えた。

赤いインクが意味すること。

セルジュはすぐに老婆を探すよう命じた。老婆が正常な精神状態でないことは誰の目にも明らかだ。一刻も早く保護しなければ、取り返しのつかない事態に陥るかもしれない。

だが、あれほどの執着だ。必ず自分とかかわりがあるはずなのに、まったく身に覚えがないのはどういうことなのか。

(私はまだ何か忘れているのか)

杞憂を抱えながら部屋に戻る。扉を開けると、そこは夜暗に沈んだままだった。

「リディア?」

名を呼び、愛しい人の存在を探す。まだ会場で夜会の雰囲気を楽しんでいるのだろうか。もしかして誰かの誘いを断り切れずダンスの相手をしているのかもしれない。

が、すぐにベッドにひとり分の膨らみを見つけた。

「リディ」

ベッド脇に腰を下ろし、呼びかける。頭まで掛布を被って身じろぎひとつしない様子に何の悪戯なのだと含み笑い、掛布を捲った。

——だが、横たわっていたのはセルジュが思い描いていた女性ではなかった。

「お嬢……様」

セルジュを見つめるシャルロットは裸体姿だった。あられもない姿態に目を剝き、絶句する。

シャルロットはゆっくりと体を起こし、たおやかな笑みを浮かべながら首を傾げた。

「お待ちしていましたわ、アベル」

白い細腕がセルジュを求めて伸びる。咄嗟に身を引くと、薄紫色の目がふるりと揺れた。

「お嬢様、これは何の真似ですか。……リディアはどこです」

「他人行儀な呼び方はやめて。以前は〝シャルロット〟と呼んでくださっていたでしょう？　私達、婚約したのよ。どうぞ、名前でお呼びになって」

淑《しと》やかに笑い、セルジュの首に腕を絡ませる。リディアとは違う人工的な香りが鼻についた。

「寂しかったわ、アベル。どうして私に何も告げてくださらなかったの？　私もあなたと列車の旅を満喫したいわ」

細くしなやかな肢体、布越しに当たるふくよかな胸の膨らみと絹のような感触の肌、耳元で紡ぐ声音が孕む艶は男の性を煽る。なのに、シャルロットの艶めかしい仕草を目の当たりにしても何ら興奮を覚えないのは、セルジュにとって欲望の対象はリディアひとりであるからだ。

なぜ彼女がこの列車に乗っているかはどうでもいい。今、自分が知りたいのはひとつだけ。

セルジュは目を伏せた。

「リディアがいたはずです。彼女は今、どこですか」

硬質な声音で、再度同じ言葉を問う。すると、寄り添っていた体がピクリと硬直した。

「どうしてそんなことをお聞きになるの？　リディアというのは、あなたを捨てて男と逃げたあの卑しい方でしょう。これ以上かかわっては駄目よ。それに私見ましたの。あの方は、この列車に恋人を誘い入れていましたのよ」

「それはどんな男でしたか」

問いかければ、シャルロットが痛ましげに視線を下げた。

「……トゥインダで見た彼よ」

かつては優しさからだと思っていた仕草。なのに今は胡散臭さすら感じられる。

「彼は以前からあなたにご執心だったそうですね。彼の父親が経営するホテルはブノア家ご用達だったと聞いています。あなたは彼と面識があったのではありませんか」

「誰がそんなことを」

「ベナール伯爵です。ご存知ないとは言わせません、少なくとも一度は面識があるはずです」

「覚えてないわ」

シャルロットがぎゅっと縋る腕に力を込めた。

「私が愛しているのはあなただけ。信じて」

囁き、シャルロットがセルジュの股間に手を這わせ直接的な誘惑を仕掛ける。——が、そこは何の反応も示してはいなかった。

セルジュは細い息を吐き出し、シャルロットの体を引き剝がす。困惑を露わにするシャルロットの肩に着ていたジャケットを羽織らせた。

「お嬢様、私をこれまで導き助けてくださったこと、あなたへの感謝の気持ちに嘘偽りはありません。この先もお嬢様の良き夫となり、微力ながらもブノア家をお助けしたいと思っていました。ですが、……申し訳ございません。あなたとは結婚できません。リディアは私の魂と言える存在なのです。彼女を失くして生きていくことなどできません」

「——過去を思い出したの？」

抑揚のない問いかけに、セルジュははっきりと告げた。

「すべて思い出しました」

すると、薄紫色の瞳に動揺が走った。

「私の本当の名はセルジュ・カーター。クレマン子爵家の庭師として働き、そこでリディアと恋に落ちました。カムイ号に乗船したのは駆け落ちをしていた」

「やめて！　そんなこと聞きたくないわ!!」

セルジュの言葉を遮り、シャルロットが声を荒げた。

「あなたはアベル・オータン。私の婚約者でノエリティ社の社長を務める人。それの何が不満なの!?」

「いいえ、お嬢様には心から感謝を」

「でしたら私を愛して！　恩に報いるというのなら、私を妻に望んでちょうだい!!」

懇願とも命令ともいえない叫びがセルジュの胸を突いた。だが、その願いは決して叶えてやることができないもの。

「――申し訳ありません。私はあなたを幸せにできる男ではなかったのです」

「私の幸せは私が決めるわっ。私はあなたを夫にと選んだの！　ひと目見て感じたんですものっ、あなたは私のものになる為に生まれてきた人だと！　あの事故は私達を巡り合わせてくれる為の運命がもたらした必然だった」

「違います、あれは不運な事故でした。そこに神の意図などありません。お嬢様もカムイ号の惨状をご覧になっていたはずです」

「いいえ、いいえ！　私達は巡り合うべくして出会ったの！　あなたは私のものよ。ねぇ、そうでしょう？　アベル」

シャルロットは涙声で訴え、セルジュの頬を両手で包み込むと唇をセルジュの唇に押しつけた。

「あなたが好きなの、お願い。どこにもいかないで」

哀願を紡ぎ、また口づける。だが、応えてこないセルジュに、シャルロットはゆるゆると唇を離した。悲しみでいっぱいになった眼差しでセルジュを見つめる。

「ど……して」

「どうぞ私を罵ってください。望むならこの顔が変わるほど殴ってくださっても結構です」

「どうしてそんな……っ、あなたを殴るなどできるわけありませんっ」

頭を振り、そのまま両手で顔を覆った。悲嘆に暮れ、肩を震わす姿に胸が痛むも、今のセルジュはその肩を抱きしめてやることができない。

さめざめとすすり泣く声が、夜に沈んだ部屋に染み渡る。

「――慰めてもくださらないのね」

顔を覆ったまま、シャルロットが言った。くぐもった声音の非難をセルジュは甘んじて受け入れる。

「お嬢様のお心に応えられない私に、せめてお気の済むような罰を与えてください」

「でしたらこれまで通り、私の選んだ道を歩いて！　私を妻にし、ブノア家を盛り立てていってちょうだい！　どうして私があなたをここまでにしてあげたか考えて！」

パッと顔を上げ、薄紫色の瞳がセルジュを睨んだ。

やはり、自分は彼女の敷いたレールの上を歩かされていたのか。

口元に浮かべた笑みは彼女の人形だった自分と、愛のない結婚を望む彼女へ向けた失笑。

「お嬢様は私のどこを愛してくださっているのですか。仮に私がこの容姿ではなくても、同じように愛してくださいましたか」

「……ッ、そんな！　あなたはずるいわっ!!」

堪らず叫んだ怒号が、彼女の愛を語っていた。

シャルロットを強烈に惹きつけていたのは、セルジュが持つ美貌だった。

それでも、自分は目の前の少女に命を救われた。シャルロットから与えてもらった五年間は、輝かしく充実したものだった。それこそ、セルジュが望んでいた人生そのものだったからだ。

しかし、その根底にあったのはリディアとの間に横たわっていた身分への強い劣等感だった。

誰かを傷つけても、手に入れたいものがあった。気づいてしまったなら、これ以上今の道を歩いていくことなどできない。どれほどの地位と財を得ようとも、傍にリディアがいないのならこの人生は死んでいるも同然。

そんな人生で誰を幸せにできるというのだろう。

「私の何がいけないの……」

シャルロットがおもむろに手を枕の下へ伸ばした。訝しんだセルジュの顔が次の瞬間、驚愕に変わる。彼女が手にしていたのは小型の拳銃だった。

「教えて、どうして私ではいけないの……？　あの人と何が違うと言うの」

両手で持った拳銃の銃口が、ぴたりとセルジュへ照準を合わせた。

愛憎はものの善悪すら見誤らせてしまう。それはセルジュがこの四日間で痛感したことだった。彼女は手にしているものが命を奪うものだという認識はあるのだろうか。引き金を引いてしまえば愛ゆえの過ちでは済まされなくなる。

だが、シャルロットをそこまで追い詰めたのは、間違いなくセルジュだ。

彼女の暴挙に対する責任を感じながら、セルジュはゆっくりと口を開いた。

「お嬢様が悪いわけではありません。あなたが私をどのような人間に作り変えたとしても、私にあなたを責める権利はない。ですが、本当の私は花を育てることしか取り柄のない男です。今の地位もブノア家のお力がなければ到底得られなかったでしょう」

「でもそれだけでは……っ。あなたは誰よりも事業のことを考え、努力をしていたわ！お父様もそれを認めていらしたからノエリティ社をあなたに任せたのよ！」

シャルロットが必死に言い募るも、セルジュは首を振ってそれを否定した。

「お忘れですか？　それがあなたの出した条件だったからです。もちろん、事業が面白いと感じていました。しかし、私の努力の根底にはいつもリディアの存在があった。はじめは過去を取り戻す為に、それは彼女へ抱いた憎しみに形を変えたものの、私を奮い立たせてきた源はリディアだったのです。リディアは……、彼女は私の命の華なのです。理由などいらない、たとえ彼女が私の容姿だけを愛しているとしても、私はリディアのすべてを愛している。彼女を失い生きていけと言うのなら、どうか今この場で私を殺してください」

　そう言って、セルジュが拳銃を摑み銃口を自分の胸へ押し当てた。シャルロットの表情に戦慄が走る。よもやセルジュの方から「殺してくれ」と言われるとは思ってもいなかったのだろう。

「い…やよ」

　しかし、セルジュは拳銃から手を外そうとしない。見据える眼光の強さにシャルロットが怯えた。

「手に入らないのなら、私を殺すおつもりだったのでしょう」

「違う、これはただっ」

「撃ってくださってかいませんよ」

「アベル、やめて！」

　頭を振りシャルロットが身を捩った。

「お嬢様、私は本気です」

　リディアを得る為なら何と引き換えにしてもかまわない。それが自分の命であろうとも、これ以上彼女が傍にいない時間を生きるつもりはなかった。

　ギュッと銃を握る手に力を込め、シャルロットを見据えた。

「五年前、リディアに恋人などいなかったのでしょう」

「しら……ないっ！」

「トゥインダで彼女に口づけていた男は、あなたが仕向けたというのは本当ですか」

「知らない！」

「お嬢様、リディアはどこです」

「知らないって言ってるでしょ!!」

絶叫が木霊した直後、突如非常事態を知らせる警報音が鳴り響いた。ビクリと肩を震わせた一瞬の隙をついて、セルジュが拳銃を奪い取る。

「返して！」

が、その瞬間。爆発音が轟いた。体が大きく横に振られるほどの衝撃に二人の体も傾ぐ。

咄嗟にシャルロットを抱き止め、セルジュは振動が治まるのを待った。列車は今の衝撃で非常停止したようだ。

振動の大きさから、原因となった爆発がすぐ近くであることを察すると、セルジュは腕の中で怯えるシャルロットの両肩を摑み揺さぶった。

「リディアはどこですっ!?」

そこへ乗務員が忙しなく扉を叩いた。

「オータン様、オータン様！」

奪い取った拳銃をベルトに差し込み、急いで扉を開ける。

「今の爆発音と衝撃は何ですかっ!?」

「た、たった今、先頭部の保管室から火災が発生しました。ここは危険です、速やかに避難してください！」

「なん……だと」

　切迫した口調でまくし立てられ、慄然とした。

　先頭部は今いる車両の四両前だ。幸い、乗客のほとんどが食堂車に集まっているが、全員ではない。乗客の避難が終わるのが先か、車両が火に包まれるのが早いか。

　五年前の船舶火災の光景が脳裏に浮かんだ。

「乗客達の安全を確保しなさい！　急いでっ」

　恐怖に硬直しそうな体を怒声を上げることで叱咤する。乗務員はすぐに次の客室を叩き出した。

「お嬢様っ、服を！　お早く!!」

　が、振り返ったシャルロットは真っ青な顔をしてベッドの上にへたり込んでいた。大げさなくらい口を覆う両手を震わせる様は、明らかに起こった事故への恐怖とは違うもの。

「あ……、うそ……」

　カタカタと全身を震わせながら、こわごわと視線をセルジュに合わせる。薄紫色の瞳を見つめ、訴えようとしている言葉を探した。

（まさか……）

　よぎった一抹の不安。それが現実でないことを祈りながらも発した声は不安で掠れていた。

「リディアはどこですか」

「わ……たし、は。まさか、こんなことになるな…」

「そんなことはどうでもいい！　リディアはどこだっ!!」

ビクリとシャルロットが肩を竦めた。

「あ…あの、客室。先頭部の、ロギーと一緒に」

その瞬間、セルジュの頭の中からリディア以外のすべてが消えた。

「アベル!!」

追いすがる声に振り返ることなく、セルジュは先頭部の客室へと駆け出した。


「……ぅ」

息苦しさに意識を引き戻された。

体が痛い、頭も重い。

（私、どうして……）

呻き声を上げてゆるゆると目を開ければ、目線と同じ高さで赤く光る線が見えた。

（あれは）

あんなもの、今まであっただろうか。

体が覚える違和感にリディアは顔を顰める。何か大きなものが下半身を押している。鼻につく煙たさ、辺りは白く靄がかっていた。

(煙……？　まさか、火事っ⁉)

それが覚醒するきっかけだった。体を見下ろせば横倒しになったテーブルと壁の間に片足が挟まっている。押されている感覚の原因はこれだ。

(そうだわ、ロギーが血相を変えて逃げ出した後すぐに警報器が鳴り響いて……)

そのすぐ後に轟音と共に襲った衝撃波で壁に叩きつけられたのだ。

気を失っていた時間はどれくらいなのだろう。あの唐突に途切れている赤い光は火ではないのか。

光の強さは一定ではない。だが徐々に強さが増している。光から沁み込んでくるのは流線を描いた煙。

それらがリディアの脳裏に五年前の忌まわしい記憶を蘇らせた。急いで体を起こそうとするが、腕の拘束に加えて足まで挟まっていては身動きが取れない。

(何か紐を切れるものがあれば)

辺りを見渡し、頭上数十センチ上にナイフが転がっているのが見えた。ロギーが床に突き立てそのままにしていったものが衝撃で吹き飛ばされていたのだ。

(あれを使えば)

動けないと嘆いている時ではない。何としてでも逃げなければ煙に巻かれて死んでしまう。

リディアは必死で身を捩り、足を外そうと奮闘する。足に当たるものを足がかりにして挟まっている方の足を引き抜こうと力を込めたその時。

「あっ、……く！」

背中に激痛が走った。全身に針を打ち込まれているみたいな強烈な痛み。衝撃波で壁に叩きつけられた時、再び背中を痛めたのだ。痛みに痺れた体から一気に力が抜ける。

「誰か……、誰かっ」

ならばと必死で声をはり上げた。

「誰か、助けて！」

噴き出した汗が頬を伝う。声を発した分だけ肺は煙で満たされていく、目も喉も痛い。すぐそこにナイフがあるのに痛みで体がいうことを聞いてくれない。自由を奪われ、唯一助けを乞える声すら奪われようとしている。

どうしてこんな目に遭わなければいけないの。

辺りはどんどん煙で白んでいく。眼前の絶望が死の恐怖へリディアを誘った。

（ここで死ぬの……？）

くらり…と遠のきかけた意識を保とうと頭を振った。煙に噎《む》せ込み、その度にまた煙を吸った。

嫌……よ、死にたくない。

なのに、体はどんどん自由が利かなくなっていく。朦朧とし始めた意識、もたげていた頭が重たくて堪らず床に額をつけた。悔し涙が頬を伝う。こんなところで人生を終えてしまうことが口惜しくてならなかった。

助からないかもしれない。

悟ってしまえば、みるみるうちに体から力が抜けて鉛のように重たくなった。

（セル……ジュ）

彼はこの火災から逃げられただろうか。

逃げる手段を失ったリディアが思うのは、愛しい人の安否だけ。ようやく逢えたのに、またお別れなんて人生はとことんリディアに優しくなかった。

（運命は繋がっていなかったのかな……）

彼こそが自分の運命の人だと思っていたけれど、案外そうではなかったのかもしれない。度重なる不運がそのことを知らしめていたにもかかわらず、セルジュへの愛に盲目になっていたリディアがそのことから目を逸らし続けたが為に迎えた結末とでもいうのだろうか。

（ごめんね、セルジュ……）

一度違えてしまった道はもう交わることはないのかもしれない。夜会で見たセルジュの誇りに満ちた姿に感じた当惑は、そのことを教えていたのだろうか。

それでも、最期にひと目だけでいい。

（会い……たい、な）

再び意識を手放しかけた中で願う未練に小さく笑った時だった。

「リディアッ!!」

ガタッという物音の後、リディアを呼ぶ声がした。

「リディアッ、リディア!! そこにいるのかっ!?」

切羽詰まった声に虚ろだった意識が引き戻される。目を開ければ、不自然に扉が揺れている気がした。

「返事をしろっ、リディ!!」

呼びかける声に交じり咳き込む声が聞こえてくる。扉の向こうも煙が充満しているのだ。

逃げて。

そう言いたいのに、声がうまく出ない。口を開けた拍子にリディアも咳き込んだ。

「リディッ!! 今、助ける!」

扉が数回乱暴に揺れる。ややして、横開きの扉から僅かにターコイズブルーの瞳が覗いた。

「リディア、大丈夫かっ!?」

だが扉は腕一本差し込むほどしか開かない。横倒しになった調度品が扉の開閉を邪魔しているのだ。リディアは首を振り、声を絞り出した。

「に……げて」

「馬鹿言うな! リディア、手を伸ばせっ」

「無理…よ、縛られて…る」

ここまで聞こえてくるほどの舌打ちの後、セルジュが必死に扉を押し開こうと奮闘する。

そうしている間にも火は轟々と唸り声を上げていた。

(もういいから)

ポロポロと涙を零しながら、リディアは首を振り続けた。

(もうやめて、早く逃げて……っ)

このままではセルジュまで巻き添えにしてしまう。自分のせいで愛する人が死ぬなんて、絶対に嫌だ。

「逃げ…て、……ねがい」

「リディア、諦めるなっ」

怒声に励まされるが、絶望的な状況がリディアから希望を失わせてしまっている。足掻こうにもどうにもできないのだ。

その時、二度目の爆発音が轟いた。

「ぐ、あぁっ!!」

襲い掛かる衝撃波の中、つんざく悲鳴にハッと顔を上げた。扉を邪魔していた調度品が動いた為に圧力がかかったのだ。肩を挟み込まれたセルジュが苦悶に顔を顰めた。

「……げ、て!」

「ふ……ざけるなっ、君を置いて逃げられるわけないっ!!」

痛む肩を強引に割り込ませ体と足を使って扉をこじ開けていく。

「リディィ!!」

強い眼光が足搔けと言っている。煙を吸い込んで苦しいはずなのに、彼はリディアを呼ぶことをやめない。どうにもならない状況であっても諦めるなと叫び続けられた。

(なんて人だろう)

彼を臆病者だと罵った自分が恥ずかしい。彼ほど勇気のある人はいないじゃないか。励まし続ける姿に勇気づけられ、もう一度足に力を込めた。体を動かしテーブルから足を引きずり出そうともがく。すると、微動だにしなかった引っかかりが、少しとれた。先ほどの爆発の衝撃でテーブルの位置がずれたのだ。

リディアは無我夢中で足を動かす。テーブルに擦れた摩擦熱で皮膚が爛れてもリディアは諦めなかった。

「ぬ……けた」

「来いっ！」

呟きを拾ったセルジュが腕を差し出す。リディアは懸命に足を動かし床を這った。セルジュの手がリディアの腕を摑む。痛めた肩からの激痛に顔を歪めながらも、リディアを引き寄せた。そうしてリディアを立ち上がらせると、確保した隙間から外へ出した。

ホッとしたのも一瞬、通路は一面、白く曇っていた。

黒い煙が頭上でうねっている。めらめらと燃える炎が生きもののように壁を這って隣の部屋から出てきていた。

おどろおどろしい光景に足を竦ませると、「こっち、だ」と無事な腕でリディアを抱き

寄せた。

だらりとぶら下がった左腕、歯を食いしばりながらも非常口を目指す横顔は鬼気迫っている。もう通路は煙で視界が利かない。

「セルジュ……」

「喋るな、煙を吸うぞ」

煙から避けるように身を屈めるセルジュは、リディアを腕の中に庇いながら歩く。少しでもリディアが煙に巻かれないようにしてくれているのだ。

「……けて、くれ」

その時、耳が誰かの声を拾った。目を凝らせば、扉が開いたままの客室の中で蹲るように壁に背中を預けた格好でロギーが呻いている。その足先はおかしな方向に曲がっていた。一度目の衝撃波に巻き込まれ逃げ遅れたのだろう。ほうほうの体で部屋に逃げ込んだはいいが、煙に巻かれて動けなくなったというところだろうか。

「リディ、行くぞ」

立ち止まったリディアをセルジュが背中を押して急かす。

「待って、ロギーを助けないと」

「無理だ」

「でも、見捨てていけないっ！」

動こうとしないリディアに、セルジュが苦渋の表情を浮かべた。満身創痍のふたりは互いを支え合うだけでも精一杯で、とても負傷した成人男性を抱えて歩ける余力はない。

セルジュの言わんとすることは痛いくらい伝わってくる。それでもリディアには命の選別などできなかった。

意を決し、セルジュの腕の中から体を起こすと、すぐに止められた。

「私が行く」

セルジュが痛む肩を押さえながらロギーへ近づいた。苦悶に歪む額に腰に差してあった拳銃を取り出し、ぴたりと宛てがう。

てっきり彼を助けるとばかり思っていたリディアは思わぬ行動に目を見開いた。

「……誓え、二度とリディアに近づくな」

「セルジュ、今はそんなことを言ってる場合じゃないわ！　早くここを出ないと火がっ」

「誓えば助けてやる」

カチリ、と安全装置を外したセルジュは本気だ。生死を分ける危機的状況での交渉をロギーが拒むはずもなく、「わ、分かった……。二度と近づかねぇよ」と引き攣った表情のまま頷いた。セルジュは真偽を見定めるようにしばらく微動だにしなかったが、リディアの急き立てる声に渋々拳銃を降ろした。

「立て、それくらいはできるだろう」

負傷していない手でロギーを持ち上げ、立たせる。そのまま脇から腕を支える姿勢でのろのろと歩き出した。煙はますます濃くなっている。真っ直ぐ進むのも難しいほどの白さに噎せながら、リディアもロギーを反対側から支えた。

「……な、んで」

痛みに呻きながらロギーが呟いた。

「なんで、俺なんか助けた…んだよ」

「助けてって、言ったでしょう」

「は……っ、恩を売ろうってのか」

「無駄口叩けるなら、しっかり歩いて」

嘲笑う声を無視して叱咤すれば、ツイ…と目を背けながら、「……お前、やっぱり馬鹿だな」と呟いた。

「——かっ、誰がそこにいるのかっ！」

遠くから男の声がした。霞んでおぼろげな姿にリディアは顔を上げて声を張り上げた。

「お願い！　助けてっ、怪我人がいるのっ!!」

かすれ声で必死に助けを呼ぶ。ややして、複数の足音が近づいてきた。

「大丈夫かっ!?」

男は満身創痍のリディア達に無事を確認する。頷き返すと、リディアが担っていた役を代わってくれた。ひとりはロギーを、後からきた男がセルジュに肩を貸す。

「リディア、離れない…で」

「大丈夫、ここにいるわ」

痛みが酷いのだろう、セルジュの顔色が悪い。リディアは怪我をしている肩に負担がかからないよう、そっと彼の腕に触れた。セルジュがその手を握りしめる。

「あと少しだ、頑張れ！」

男の声に励まされ、リディア達は非常口から外へ出ることができた。

（あぁ、またこの空だわ）

満天の星空に舞い上がる火の粉。禍々しさと妖艶さが入り混じった光景にリディアはくっと目を細めた。

外には夜会の姿のまま避難した乗客達で溢れかえっていた。

「う……」

「セルジュ、大丈夫っ!?」

地面に膝をついた彼の横に屈みこむと、自由が利く腕で抱き寄せられる。全身で「離れるな」と言われている気がした。

「もう絶対、離れな……」

そう言い終える前に、彼は意識を失った。

☆★☆

セルジュはグリーンバイツにある病院へ搬送された。

彼は意識を失った後もリディアから手を放そうとはせず、リディアも怪我をしていた為病院側の厚意で特別に同室を許された。

あの大惨事のすぐ近くにいたにもかかわらず、打ち身と捻挫だけという奇跡的な軽傷で済んだリディアは、自分よりも重傷を負ったセルジュの世話に明け暮れ一日が過ぎる。

あれから三日、今日もマティ・エクスプレス火災事故は新聞の一面を賑わせていた。

幸い死者は出なかったが、爆発時の衝撃で負傷した者が数十名。あと少し爆発が早ければ、列車は鉄橋から滑落し、未曾有の大惨事になっていた。

セルジュもようやく起き上がれるようになるまでに回復し、今は病室のベッドでリディアが持ってきた新聞を読んでいる。彼は、見舞客からもらう果物を切ってくれだ、傍で話し相手をしろだのと甘えたい放題だ。

それでも命に別状はなかったことで、安堵もしていた。

「疲れない？　大丈夫？」

「平気ですよ」

また以前の丁寧な口調に戻ったセルジュ。理由を聞けば、こちらの方がしっくりくるのだとか。

彼が熱心に読んでいる記事のほとんどが事故に関連するものだ。自社の列車が引き起こした事故ということもあり、セルジュも気が気ではないのだろう。本心はすぐにでも本社に飛んで行き、事態の収拾に奔走したいに決まっている。けれど、医師をはじめ、ブノア伯爵からも入院を強要されているせいで、こうして新聞ばかり読んでいるのだ。

なぜ保管室で火災が起こったのか。

爆発の直前に聞いたあの音は何だったのだろう。リディアも原因が載っている記事を探したが、三日経った今も明確な原因は発表されていない。セルジュも独自に、ある調査を進めるよう部下に命じていた。彼の中には、この事故に関連した気がかりがあるのだ。

その答えは、意外な人物が持ってきた。

「傷の具合はどうだ。アベル、……いや。もうセルジュと呼んだ方がいいのだろうな。それに、リディア・クレマン、体の具合はどうかね」

「お気遣いありがとうございます、ブノア伯爵」

ふと彼の後ろに控えている男に目がいった。彼は帽子を取り恭しく一礼する。頭を上げたその顔は、リディアに列車の切符をくれたあの老紳士だった。

「そうか、君達は顔見知りだったのだね。彼は私の秘書をしている男だ。もう気づいただろうが、すべて君をあの列車に乗せる為にセルジュが彼に頼んだことだ。そうだな、セルジュ」

その言葉を受けて、セルジュが決まり悪そうに目を背けた。

つまり、リディアがあの列車に乗ることは決まっていたということか。呆れると、「……ごめん」と言われた。叱られた後の子供のような謝罪をされては、許すしかないじゃないか。

その様子を見ていたブノア伯爵が軽く咳払いをした。

「少し話をしてもいいだろうか」

「もちろんです。どうぞ、こちらにおかけになってください。私は外に出ています」

「いや、君も一緒に聞いてほしい」

気をとり直し椅子を譲ったリディアを、ブノア伯爵が引き留めた。おそらく、この先はリディアの知らない内容の話になるはず。引き留められた理由が分からず困惑していると「リディア」とセルジュに手招きされた。

たじろぎつつ傍によれば、手を握られる。その状態でセルジュが真っ直ぐブノア伯爵を見据えた。

「私もぜひブノア伯爵にお話ししたいことがあります」

「言わずもがなだが、先に私の話をさせてもらえないかね。君の話はその後でも十分間に合うはずだ。……さて、どこから話そうか。伝えなければいけないことが多すぎて、何から話し始めていいものやら。だが、まずは火災事故の原因から話そうか」

そう言って、ブノア伯爵が語った火災事故の真相はあまりにも凝然とさせられるものだった。

保管室の火災は、放火が原因だった。

犯人は乗客としてあの列車に乗り込み、爆破させる機会を窺っていたという。その人物こそ、リディアが駅で切符を譲ったあの老婆だった。

「彼女にはローラという娘がいたそうだ。ローラもまた君達と同じ、カムイ号の被害者だ」

ブノア伯爵が内ポケットから出した一枚の写真には、仲睦まじい親子の姿が写っていた。セルジュは食い入るように写真を見つめ、やがてハッと息を呑んだ。

「……彼女だ」

呟き、顔を上げた。

「リディアを救命ボートの列に入れた後、私は傾いた甲板から滑落しました。その際、目の前にいた少女を崩れ落ちてきた木材から庇ったのです。その少女が、こんな顔をしていた気がします」

「そうだ。君が船で助けた少女がローラだ。海へ投げ出され、君は私達に、彼女は違うボートに救助された。が、彼女はその後も君を探して、我がブノア邸のメイドとして働くようになった。それが四年前だ」

「言われてみれば、屋敷で彼女に似た女性を見たことがあります。ですが、それと今回の放火とどんな関係があるのですか」

「ローラは母親への手紙に、君を恋人のように書いていたそうだよ。はじめこそ信じなかったが、毎回手紙に君との恋を書き綴られれば、さすがに信じるようになったそうだ。だが、ローラは半年前、突然命を絶った」

「半年前……、私達の婚約ですか」

神妙にブノア伯爵が頷く。

「君との恋物語を妄想するあまり、現実との境が分からなくなったのだろう。最後に送られた手紙には、君が彼女を裏切りシャルロットを選んだ、と書かれてあった。薄紫色の目をした悪魔が彼をたぶらかした、とね」

老婆は娘の訃報《ふほう》と共に届いた悲痛な声に、どれほど胸を焼かれただろう。

娘を捨て、貴族の娘を選んだセルジュに復讐を誓った老婆は、機が熟すのを虎視眈々と狙っていた。そんな時に舞い込んできたノエリティ社の列車運行。初運行にはセルジュも乗車すると知り、老婆は是が非でもあの切符を手に入れようと奔走したが、老婆が駅に着いた時、切符は完売していたのだ。

そこにリディアが列車の切符を渡してしまった。

薄紫色の目をしたリディアに老婆は大層驚いた。だが、どうしても欲しかった切符だ。これこそ、悪魔からの招待状だと確信し、老婆は狂喜しながら列車に乗った。

セルジュに復讐する場所はグリーンバイツへ入る手前の鉄橋だと決めていたという。ローラはあの川に身を投じて死んだからだ。

娘のもとへ、彼女の愛しい男を連れて逝くこと。それが老婆の望みだった。その為なら、誰が犠牲になろうとかまわない。老婆自身の命ですら惜しくはなかったという。

「君が独自に調べさせていたことも、同じことについてだったね。老婆が宿泊していた部屋は赤く塗り潰された君の写真で埋め尽くされていたと聞いている」

「――はい」

初めて聞く事実に目を剝くと、セルジュは小さく苦笑した。

老婆は、列車が鉄橋に差し掛かるのを見計らって、保管室の扉を破り、発火瓶を投げ入れた。奇しくも夜会で人が手薄になっていたことが老婆の犯行を容易にさせた理由となった。後はリディア達が体験したとおり。荷に引火し、爆発を引き起こしたというわけだ。

リディアが聞いた不気味な笑い声は老婆のものだったのだ。

老婆は今も搬送された病院に入院中だ。この先、然るべき機関のもとで裁きを受けることになるという。

病室はつかの間、沈黙に包まれた。

全容を聞き、リディアは呆然となっていた。

老婆は娘に会いに行くと言った。あれは、死んだ娘に会いに行くという意味だったのか。

取り返しのつかないことをしでかしてしまった恐怖に膝が震える。

リディアの行為がこの大惨事を引き起こしてしまった。自分はこの責任をどうとればいいのだろう。

（なんということを……）

「リディ？」

青ざめるリディアを見て、セルジュが繋いだ手に力を込めた。

「違う、あなたのせいではありません。あなたの厚意を老婆が利用しただけです。自分のせいだなど間違っても思わないでください」

だが、セルジュの擁護もリディアの耳には届かない。凝然としながらセルジュを見つめた。

自分はまた彼の人生を壊してしまったのか。

あの時点で誰もこの事故が起こることを予見できなかった。確かにそうだろう。しかし、だからこその「もし」だ。

リディアが仏心を出さなければこの事故は起きなかった。

「ご……めんな、さ……い」

「リディア、あやまらないで」

どうすればいいのだろう。

この事故でノエリティ社とセルジュが被る損害は途方もない額になるはずだ。

リディアと共にいたいと言ってくれた言葉は嘘ではないだろう。だが、今の姿も彼が望んで歩んできた道に違いない。彼と想いを繋げ直してからずっと燻っていたひとかけらの不安。

彼はセルジュ・カーターであると同時に起業家アベル・オータンでもあるのだ。やはり、リディアには彼が積み重ねてきた努力を無下にすることなどできない。

この事業に誇りを感じていることに気づいてしまったから、それを捨てさせるような選択をさせたくなかった。

セルジュにとってリディアがすべてだというのなら、リディアとて同じ思いだ。自分にはこの大惨事を引き起こした責任がある。

ならば、どうすればいい。

今、自分には何ができる？　リディアのせいで人生の岐路に立たされてしまった彼を救う方法。

それは……。

するり、と彼の手から自分の手を引き抜いた。

「リディア、違います。……嫌だ」

彼にはリディアが考えていることが分かるのだろう。行かせまいと腕を伸ばしたが、体を引いたリディアにはあと一歩届かなかった。

(必ず力になってみせる)

この選択をしたことで二度と彼に会うことができなくなっても、決して後悔はしない。

次会う時は、今の自分ではないかもしれない。それでも、どこかで彼の助けになれるのならそれこそ本望だ。

リディアは今できる目一杯の笑顔を浮かべ、

「愛してるわ……」

ありったけの想いを残して、病室を飛び出した。

終章

「お嬢様、ベナール伯爵がお見えになっております」

ここは東の大陸シュトルヴァ。クレマン子爵家の一室だ。

西の大陸からきた友人に目を瞬かせながら、リディアは彼を応接間に通すよう言った。

あれから半年。再び令嬢としての生活を送り始めたリディアはゆっくりと立ち上がり、応接間へ向かった。控えていた使用人が扉を開ければ、懐かしい後ろ姿が目に飛び込んできた。

「ベナール様」

「リディア！　随分探したんだぞっ。何も言わずに突然いなくなるなんて、つれないじゃないか！」

出合い頭から不満を零したベナールだったが、その表情は笑顔でいっぱいだった。腕を広げた彼に近づき、再会の抱擁を交わす。

「お元気でいらっしゃいましたか？　マリアの体調はいかがです」

「おかげさまで母子共に順調だよ。アリスも指折り生まれてくる日を楽しみにしている。時々、赤子が私の手を蹴るんだよ、こうポンッとね。子を宿すことはまさに生命の神秘だな！」

「楽しみですわね」

「そうだろうっ、元気で健やかであれば男でも女でもどちらでもかまわないよ」

相変わらずのベナール節だ。彼がいるだけで場が活気に満ち溢れるのだから不思議だ。が、彼は不意に笑顔を止めると痛ましげに目を細めた。

「……随分痩せたね。花嫁になろうとしているレディには相応しくない顔色だ。毎日しっかり食べているのか」

父よりも父らしい気遣いに苦笑が零れる。

「私の結婚はグリーンバイツまで届くほど話題なのですか？」

「君の父君から聞いたに決まっているだろう。さあ、座ろう」

促され、長椅子に腰掛けた。

「店の夫人がとても残念がっていたよ。旅行から戻ってくるなり辞めたいの一点張りで、止めようがなかったと嘆いていた。まったく君はこうと決めたら梃子《てこ》でも動かない頑固さは相変わらずだな。父君そっくりじゃないか」

「申し訳ありませんでした」

「いや、責めているわけではないんだ。……うん、大変だったね」

「いいえ、あの事故にベナール様達が巻き込まれなかったことだけでも私にとっては幸運でした。二度とアリスに悲しい思いをさせたくありませんもの」

セルジュの病室を飛び出した後、リディアはトゥインダへ戻り、身の回りを整理した。店を辞め、住んでいた家を片づけ、恥を忍んで捨てた故郷へ戻ってきたのだ。

「お願いします、お父様。どうかセルジュの力になってください！」

勝手に家を出て行ったくせに虫のいい懇願だと自覚している。それでも、セルジュの力になれることと言えば、このくらいしか思い浮かばなかった。

この地で同じ鉄道会社を運営している父ならば、きっと有益な助言を持っているはず。自分はどうなってもいいから、どうか窮地に立たされたセルジュとノエリティ社に力を貸してほしい。

床に跪き懇願するリディアを見据え、長い沈黙の後、父が静かに問うた。

「それがお前達の出した答えか」

「いいえ、私が決めたことです」

よどみない口調で告げた決意に、父が出した条件はひとつ。

父の決めた縁談を受け入れることだった。

「でも、つれないと言ったことは訂正しないぞ。助けが必要なら連絡をくれと言ったじゃないか。私はそんなにも不甲斐ない友人だったかな」

「そんなことはありません」

ねめつけられ、リディアは軽く目を伏せた。

リディアにはもったいないほど素晴らしい友人だ。脳裏にベナールの存在がなかったわけではない。けれども、真っ先に思い浮かんだ存在が父だったのだ。

ベナールがここへ来たのは、リディアが送った謝罪の手紙を受け取ったからだろう。

「父君が決めた婚約に異論はないのか？　セルジュとのことはどうする。一生に一度の恋だと言っていたじゃないか」

「だからですわ、ベナール様。どうやら私が傍にいては彼に不幸を招いてしまうようです。ならば離れた場所で彼を想い続けようと決めました」

「そのことを彼は承知したのか」

「……いずれ、私のことは忘れるでしょう。二度も逃げた女を追う方がいらっしゃるとは思えません」

「この婚約に頷いたのは彼を救う為か。その様子だと相手の顔も知らないと言ったところだな」

言い当てられれば、笑うしかない。

父が持ってきた縁談は隣国の貴族ドレシア伯爵家とのものだった。

「私にできることと言えば、これくらいですもの。一度は家を捨てた身、これ以上の我が儘は許されません。それにこんな私でももらってくださる奇特な方がいらっしゃっただけでも幸せなことなのです」

「愛してもいない男に嫁ぐつもりか」

「それくらい誰でもされていることですわ。私は貴族の娘です」

政略結婚のわびしさに嘆くことなどもうしない。

「父の役に立つことは、ひいてはセルジュを助けることになるのです。経済的な援助ならば彼の人生を妨げたりしませんでしょう?」

「やはり君の愛は自虐的だな」

そうかもしれない、とリディアも心の内で自嘲した。

「彼の幸せこそ私の幸せに通じています。セルジュのことが大切なら、私は今の彼の人生を認めて応援すべきなのではないでしょうか」

「そうしてまた逃げてきたのか」

落とされた非難にハッと息を呑んだ。顔を上げると、膝に頬杖をついたベナールが呆れ顔でこちらを窺い見ている。

「どうしてそこで彼の支えになってやれない。こんなことを本気で彼が望んでいると思っているのか? 恋人と仕事を秤にかけるなという君の持論はよーく分かった。けれど、それを決めるのは彼だ。彼にとって何が大切なのか、君はそれすらも勝手に決めてしまうのか?」

「そうではありませんっ。私はセルジュのことを思って!」

「ほら、それが恩着せがましいと言っているんだ。事故のきっかけを与えたのはリディアかもしれない。けれど、あの事故が起きなくても、いずれ老婆は報復を実行していただろう。すべてを自分のせいだと思い込むのは君の悪い癖だ。因果の発端は君ではないよ。いい加減、悲観ぶるのはやめにしないか。もう十分不幸を味わっただろう」

「ベナール様は私の決断が間違っていたとおっしゃるのですか……？」

「ありていに言えば、そうだ」

あっさりと認められ、目を剝いた。

リディアを不幸に酔っているとでも言いたげな物言いが悔しいはずなのに、何も言い返せない。

「行き違いがあったとはいえ、ようやく恋人に戻れたんじゃないか。どうして彼の言葉を信じてやれないんだ？　男は一度口にした決意を簡単に諦めたりしないものだよ」

「それはつまり」

彼が言わんとすることに恐る恐る問いかけると、大仰な溜息をもらった。

「さすがに彼を不憫に思うよ。いいかい、誰かと寄り添うことは口で言うよりもずっと難しいものなんだ。覚悟もいる。相手への信頼と愛情がなければ到底できることじゃない」

ベナールがリディアの手を握った。

「ただ、人の上に立つ者として育てられた君は、どんな時も決断をする立場にあったはずだ。何が最善なのか、その為に何をすべきなのかを真っ先に考えてしまう。今回も彼の起業家としての道を潰えさせない為にとった選択なのだろう。けれどね、リディア。君の心は君が思うよりもずっと幼いよ。理性と心が違うところを向いているから、今の君はちっとも幸せそうには見えない。自己犠牲が愛のすべてじゃないぞ。何の為に私達がいるんだ。どうして相談しない。これでも君よりは人生経験を積んでいるつもりなんだがね」

「ベナール様……」

「添い遂げることは支え合うことだ。どちらか一方だけが重荷を背負うことなどしなくていいんだよ」

それは目が覚めるような助言だった。

父はリディアにレディとしての嗜みを学ばせる傍ら統率者としての心構えも叩きこんだ。決断を間違えれば大勢の労働者達の生活を脅かしてしまう。『常に最善の道を』。リディアはその為の選択肢に「自己犠牲」という項目をいつしか付け加えるようになっていた。尽力すること。

その信念の延長線にたどり着いたのが、この婚約だ。けれど、西からやってきた友人はそれは間違いだと言った。

セルジュの動向はリディアの耳には入ってこない。だが、ベナールの口ぶりからすればセルジュはもうノエリティ社の社長ではないのか。それではリディアの決意はいったい何だったと言うのだ。

リディアは半ば呆然としながら窓の外を見遣った。メイドが仕立屋の来訪を告げたのは、会話が途切れた矢先のことだった。

「それじゃ、私はそろそろ失礼するよ」

「待って、ベナール様！　私はこれから先どうしたらっ」

「それは君が考えて出すべき答えじゃないのかな」

甘えるなと諌められ、口を噤んだ。俯くと、また溜息をつかれる。

「――マリアが私に言うんだ。あなたはほとほと世話好きでお節介な男だと。君はどう思う？」

「……マリアと同意見ですわ」

嘘をついても仕方がないので、正直に白状すればベナールが「そうだろう」と満足げに頷いた。

「つまりは、そういうことだ。君の幸せを祈っているよ」

そう言って、リディアの頬に口づけベナールが部屋を出て行った。揚々とした後ろ姿を見送ったリディアは、ベナールの言葉に途方に暮れていた。

今のはどういう意味なのだろう。

立ち竦むリディアを、待っていたメイドが衣装部屋へ急き立てた。ベナールがあんな話をするからだ。ドレシア伯爵が用意してくれたウエディングドレスを見た途端、気が滅入ってしまった。

リディアの選択を間違っていると真っ向から否定した彼の言葉がぐるぐると頭の中を

回っている。

選ぶべき道だったのは、身を挺して彼の危機を救うことではなく、彼の傍で支えになることなのだと聞かされても、もうどうにもならない。

ドレシア家からは毎日のように婚約の贈り物が短い手紙と共に贈られてくる。手紙の内容はリディアに会える日を楽しみにしているという内容ばかり綴られていた。

手紙からは、政略結婚であっても娶る妻《めと》を大切にしようという伯爵の誠実さが感じられる。リディアにこの婚約への拒否権はない。引き返せないところにまで来てしまっているのだ。

『今の君はちっとも幸せそうには見えない』

納得しているのは理性だけで、心はセルジュ以外の人を夫とすることを望んでいないということなのか。

一人相撲だったことに気づかされれば、後悔が押し寄せてくる。己の愚かさにいたたまれず顔を覆った。

純白のドレスを纏うことが、これほど罪深いものだとは思いもしなかった。

姿見に映った花嫁姿の自分はきっと途方もなく悲しい顔をしているだろう。

「リディア様？」

「……ごめんなさい、しばらくひとりにしてくれる？」

仕立屋を部屋から出し、その場に蹲った。後悔の涙に暮れてどれくらい時間が経っただろう。

　ややして扉が開く気配がした。

「折角のドレスが汚れてしまいますよ」

　その声は、涼やかな風と共に入ってきた。最愛の人とよく似た声にリディアはゆるりと顔を上げた。鏡越しに入り口に立つ人物を見て言葉を失う。

　金色の髪とターコイズブルーの瞳。すらりと伸びた長身、優雅な仕草で近づくその人は。

「どういう……ことなの」

「あなたが見たままです。私があなたの婚約者ですよ、リディア」

　半年前に別れたはずの恋人、セルジュだった。

　そんなはずはない。これは後悔が見せた彼の幻に決まっている。

　そう思い振り返ってみたが、セルジュの幻は消えていなかった。

　開け放たれた窓からの初夏の風にふわりと金色の髪が揺れている。少し伸びた髪は庭師だった姿を思い出させた。

「うそ……よ」

　零れ落ちそうなくらい目を見開き、呟いた。

「あなたは〝アベル・オータン〟でしょう？　私が婚約した方はドレシア家の」

「縁あってドレシア家の養子となり、爵位を継ぎました」

　にわかに信じられない展開に、リディアはむずかる子供のように首を振り続ける。

「……嘘よ、こんなことありえないわ」

再び両手で顔を覆い、眼前の現実を否定した。

よかれと思ってしたことは己の首を絞めただけで、誰の役にも立っていなかった。過ちに気づいたところでどうにもできない現状に項垂れた時に訪れた救済。

顔も知らない婚約者が実は愛した人だなんて、都合のいい夢でなかったら何だというの。

「顔を見せてくれませんか」

だから今更どの面を下げて、彼と向き合えばいいのか分からない。

リディアは無言で首を横に振った。

「――どうして？　なぜあなたはまだ私を選ぶの」

「愛しているからです」

「嘘よ！」

間髪を容れず叫び、涙目でセルジュを見た。

「私はっ、……私はあなたを見くびっていた。私が助けなければあなたの未来が駄目になると思って、だから……っ。でも、それは違うと気づかされたの。私は愛の意味も分からない子供だった。自分の決断がすべてだと決めつけてしまうような、ひとりよがりでどうしようもないくらいの子供。あなたを愛する資格もない傲慢な……」

「それでも、あなたは私を幸せにしてくれます」

リディアの懺悔《ざんげ》を遮って、セルジュが言った。

見開いた目から涙が一筋零れ落ちる。

罵声のひとつでも浴びせてくれれば楽になれるのに、どうして彼はこんなにも優しい声で愛を囁くのだろう。

あぁ、なんて穏やかに笑うの。

美貌に咲いた微笑に目を奪われた隙に、リディアの前に跪いた彼に抱きしめられた。

「優しいリディア、あなたは傲慢でもひとりよがりな子供でもありません。すべて私の為を思ってしてくれたことでしょう？　あなたがクレマン子爵に頭を下げてくれたおかげで、ノエリティ社は傾かずに済みました」

「でもっ、私はあなたを信じ切れなかったっ！」

「だからどうしたと言うのです。私があなたでなければ駄目なのです。それとも、頼りない私に愛想が尽きましたか？　もう愛していない？」

「愛してるっ、ずっとずっとあなただけを愛してるわ！　だから……っ」

愛しているから、また自分がしでかすだろう罪を見るのが怖い。

そのせいで彼の人生を壊してしまうことが怖かった。

長い遠回りの末に行きついた、本音。認めたくなくて、幾重にも膜で包み隠し続けてきた弱い自分が露わになった。

本当はセルジュの為ではない、リディア自身が怖かっただけなのだ。彼を助けたいと言う理由を隠れ蓑に、しでかした過ちから逃げたかっただけだ。

自分のせいで大勢の人達を危険に晒したことが恐ろしかった。直面した罪の重さに慄き、怖じ気づいて逃げ出したリディアに彼の愛を受ける資格はない。

真の臆病者はリディアだった。

「お願い……、どうか私を見捨てて。こんな私が幸せになることなど許されないの」

「ベナール伯爵の言うとおりだ。あなたは自分に厳しすぎる」

抱きすくめられ、髪を撫でられる。

（あ……）

それはリディアがまだ幼い頃、何度も彼にしてもらった仕草だった。父に反抗し拗ねるリディアを彼は毎回こうして慰めてくれた。

ずっと兄のような存在だったけれど、長い時間をかけてその想いは恋となった。彼の持つ穏やかな雰囲気が好きになり、リディアのすべてを受け入れてくれる彼の心の広さには敵わないと感じ、共に過ごす時間がかけがえのないものになった。たとえ彼が今の容姿でなくても、リディアは彼を愛しただろう。

セルジュはリディアが落ち着くまで、いつまでも髪を撫で続けていた。腕の中で身じろぐと、抱きしめていた腕が緩む。

「落ち着きましたか？」

「……うん」

泣き濡れた頬を指で拭われ、気恥ずかしさに目を閉じる。セルジュは再びリディアを抱きしめ直し、静かな声で事故後のことを語った。

セルジュはすべての責任をとる形で社長職を辞任し、シャルロットとの婚約も白紙になった。火災の損失はかけていた保険とブノア、ベナール、クレマン家からの援助で賄われノエリティ社は新社長のもと、信頼回復へと再出発をすることとなった。

しかし、存分に紙面を賑わせてしまっただけでなく『女性を狂わせる魔性の男』という不名誉極まりない肩書きをつけられたセルジュは当然グリーンバイツにいられなくなった。どこからかローラのことが漏れたのだ。そんな彼に手を差し伸べたのが、ベナールだった。彼はセルジュにドレシア家との養子縁組の話を持ってきたのだ。

ベナール家の遠縁にあたるドレシア伯爵はかなりの偏屈者で、莫大な財と領地を持ちながらも「貴族はもううんざりだ」という理由から当代限りで爵位を国へ返上する間際だったという。ならばとベナールはセルジュをドレシア伯爵の養子とし、爵位を継がせ土地と財の管理をさせることを思いついたそうだ。ドレシア家の領土は、街へ出るには馬車で何日もかかるほどの辺境の地。そこならセルジュも記者達につけ回されることはないし、土地を治めることに興味のなかったドレシア伯爵も、ベナールが用意した牧場で悠々自適な暮らしを送れるという円満な解決策だった。

爵位を継ぐ条件は、領地の整備と管理、そして元ドレシア伯爵との交流。

というのも、爵位こそ立派だが見事に荒野と化した領土は目も当てられない状態であり、独り身のドレシア伯爵の話し相手になることが条件に入っているのはベナールらしいところだ。

「二人で苦労を分かち合うのもいいものだぞ。なぁ、セルジュ！」

そう笑いながらベナールが幽霊屋敷同然のドレシア家を前に唖然とするセルジュの背中を叩いたのは三か月ほど前のこと。

そして、もうひとつ。ベナールが養子縁組の際に出した条件には補足事項がついていた。

それこそがクレマン子爵の令嬢との結婚だったのだ。

「実は、この話にはもうひとつ秘話がついていました」

なんと、この婚約はクレマン子爵の希望だったという。

リディアの懇願が彼女ひとりの考えだと確信した父は、愛する男の為に人生を投げ出そうとする娘を憂い、ふたりの結婚を望んだ。夫となる男の肩書きなど関係ないと言った父の考えを思い留まらせ、捨てられかけていた爵位を拾ってきたのがベナールだったそうだ。

つまりこの婚約は父とベナールとの策略だったというわけだ。

『私はとても世話焼きでお節介な男なんだ』

あの言葉はこういうことだったのか。

呆れと驚きを通り越してしまうと、人は笑うものらしい。

とんでもない展開に噴き出すと、セルジュも笑った。

「私達、ベナール様に踊らされているようね」

「まったくです。が、今度こそリディアを幸せにしてくれ、とおっしゃってくださいました。屋敷の修繕が終われば、私はクレマン子爵のもとでもう一度、事業の勉強をさせていただくつもりです」

「あなたがお父様のもとで働くの？」

涙の跡を指で拭われながら「いけませんか？」とセルジュは首を傾げた。

「庭師の仕事も好きですが、今の仕事も好きなのです。また事業にかかわれる機会をいただけるのならぜひともやってみたいと思っています。その頃には私の不名誉な肩書きも世間は忘れてくれていることでしょう」

「随分と酷い叩かれ方をされたものね。魔性の男ですもの」

「そんなつもりは一度もなかったのですけど」

肩を落とす姿は心底うんざりしているように見えた。よほど今回のことが堪えたのだろう。

「仕方がないわ、だって本当に美しいんですもの。誰だって手に入れたいと思ってしまうわ」

そう、ローラやシャルロットが彼に囚われたように、リディアも彼に囚われている。

「――シャルロットは？　今はどうされているの」

「ブノア家の療養地で心を休めていると聞きました。拳銃まで持ち出し私の後を追った娘にブノア伯爵も危機感を覚えたそうです。当分、社交界には戻ってこないでしょう」

「そう……」

彼女の想いもはじめは純粋だったはずだ。だが、セルジュを独占したいがあまりに道を踏み外してしまったのかもしれない。

「リディア」

頤を指で持ち上げられると、美しいターコイズブルーの瞳があった。

「贈りものは喜んでいただけましたか」

「ええ、毎日申し訳ないくらいだわ。それに、このドレスも」

「よく似合っています」

今着ているドレスは、彼が細部にわたるまでオーダーしたものだという。飾り気が少ない分、生地にこだわりを感じる。清楚なラインを描くドレスは顔も知らない花嫁へ贈る品にしてはリディアのイメージに合っているとは思っていたが、これで合点がいった。

セルジュは少し体を離し、リディアの手を取った。

「私と結婚してください」

シンプルなプロポーズ。けれど、心を動かされるには十分すぎる。

「私でいいの……？」

「あなたがいいのです」

「また、あなたを不幸に引き込むかもしれないわよ……？　それでもいいの？」

「あなたから二度逃げられた私に、これ以上の不幸があるとは思えません」

「それは……っ、一度目はあなたにも責任があるわ」

ぷっと頬を膨らませねめつければ、「今度こそあなたを攫います」と指先に口づけられる。リディアは、顰め面のまま頬を赤らめた。

「リディア、返事をください」

催促する間も指先の唇は離れない。かかる息がこそばゆくて、その度にぞくぞくした。

「私の妻になってはくれませんか」

「や……、セルジュ」

「嫌、と?」

「ち…違う！　そうじゃなくて」

やめてほしいの「嫌」が結婚しないの「嫌」と捉えられかけ、慌てて首を振った。

「リディア」と艶めいた声音が返事を乞うた。

彼の綺麗な瞳にはリディアへの愛がたくさん瞬いている。

「あなたを愛してる。――お願いします、頷いてくれませんか」

懇願が哀願になり、彼は握りしめた手に額を擦りつけた。縋るような仕草に泣きたくなるほどの愛おしさが込み上げてくる。

おとぎ話にも負けないくらい、素敵な結末。追憶へやった恋は、もう一度リディアの手の中に戻ってきてくれた。

「――はい」

リディアは心を込めて頷いた。

初夏へと移り変わろうとしている日差しが衣裳部屋に優しく降り注ぐ。

「……ふ、ぅ……ん」

あれから離れていた時間を埋めるようにリディア達は何度も口づけ、半年ぶりの逢瀬に浸っていた。髪に頬に瞼に落とされる柔らかな唇がこの幸福が夢でないことを教えてくれる。触れ合ってしまえば、どうして離れることができたのだろうと思えるほど彼が大切な存在であることを実感した。抱きしめられ、伝わる温もりに目を閉じる。

こんなに幸せでいいのだろうか。

「痩せましたね」

髪を撫でながらぽつりとセルジュが呟いた。顔を上げればそっと指の背で頬を撫でられる。

「私のせいだと自惚れてもいいですか」

痩せたのはリディアがひとり空回りした結果なのだからセルジュが負い目を感じることなどないのに、自分のせいであって欲しいと言った彼に思わず苦笑が漏れた。

セルジュが気にすることはない。

だが、そう言おうとした言葉は、彼の次の言葉でかき消された。

「……本当に私の為に顔も知らない男のもとへ嫁ぐつもりだったのですか？」

それはとても静かな問いかけだった。だからこそ、彼がリディアの行動で負った傷の深さを感じた。

気まずさから目を逸らす前に両手で頬を包まれる。

「私の成功を影から見守るつもりでいたのですか？」

間近で目を覗き込まれ、真意を問われた。頷けばコツン…と額に額を宛てがわれた。

「いじらしい人だ」

それが彼なりのリディアに対する文句なのだろう。セルジュの気持ちも考えず随分酷いことをしたのに、どうして彼はこんなにも優しい言い方ができるのか。改めて彼の心の広さを感じた。

「ごめんなさい」

(――やっぱり、彼には敵わない)

素直に謝れば、啄むだけの口づけが落ちてくる。

「会いたかった」

「ごめんなさい」

「死にそうなくらい辛かった。……でも、本当はあなたに会うのが少し怖かったんです。あなたはとても頑固な人だから、もし面と向かって拒絶されたらと思うとここへ来る勇気が出なかった」

「ごめん…なさい」

セルジュは緩く頭を振った。

「愛してると言ってください」

「愛してるわ」

「許してと」

「――許して」

言わされるまま復唱すると、綺麗な顔がふわりと笑った。

「ええ、もちろん」

微笑にほっと胸をなで下ろしたリディアに、

「――許すわけがないでしょう」

「えっ!?　きゃあ！」

ひょいと抱き上げられ、そのまま出窓のわずかなスペースに降ろされた。

「あなたはつくづくその身に教え込まないと分からない人のようだ」

顔を寄せ、耳元で囁かれた言葉が艶めいて聞こえたのは気のせいだろうか。もしかして、あの会話はこの展開に持ち込むためのものだったのか。

「セルジュ……？　何しようとして」

「二度と私の華が私の知らない場所で萎れてしまわないようにしておかないと」

「何言って、あ……っ」

抵抗する間もなく、彼の手がドレスの中に潜った。下着を剥ぎ取られ、脚を大きく開かされた状態で腰かけている出窓の桟《さん》に乗せられた。たくし上げられたドレスが腰のあたりで溜まっている。取らされた格好に体中がカッと熱くなった。

「やだっ」

慌ててドレスを降ろそうとした手は彼に取られた。脚を閉じようにもその間に滑り込んできたセルジュの体が邪魔をしている。

「セルジュ！」

「これからはずっと私が傍であなたを愛し続けます。死が二人を分かつことになっても、私はあなたを離さない。覚えておいて、あなたのすべては永遠に私のものです」

指先に口づけられた手は、秘部へと導かれる。

「だから、私の見ている前でここを触って見せて」

こんなことってあるのだろうか。労わりを紡ぐ声と卑猥な行為を強要する姿に、この動悸が何からくるものなのかも分からなくなる。何が「だから」なのかは理解できないが、それでも、美声が囁く卑猥な命令は優しい呪縛となってリディアの体を支配した。

「私だけに許されたあなたのいやらしい姿を見てみたい」

「そ…うしたら許してくれる…の？」

こわごわ問いかければ、彼はこの世のものとは思えないくらい優美な微笑で頷いた。

リディアは顔を真っ赤にしながらも恐る恐る指を中へ埋め込んだ。そこはすでに熱くなっていて、蜜壁が指に吸いついてくる。初めて触れる柔らかさに戸惑いながらも、言われるがままゆっくりと中をかき回した。

「もっと音を立てて、感じる場所を探して」

ぐっと膝を外側へ押され、さらに股を広げられる。ねっとりと耳殻を舐められる感触にぞくぞくした。

「だ……め、できな…いっ」

「どうして？」

「だって……っ」

リディアの小さな手では気持ちいい場所まで届かないのだ。けれど、そんな恥ずかしいことを言えるはずがなく、破廉恥な行為を求めてくる彼をねめつけるしかなかった。

しかし、涙に潤んだ状態で繰り出す睨みは彼を怯ませるどころか、セルジュの欲望を煽るだけの催促にしかならない。

「なんて可愛い」

吐息を漏らし、彼はゆっくりと蜜が溢れ出す場所へ顔を寄せた。

「は……ぁ、ん！」

生温かい舌が赤く熟れた花芯を舐め、音を立てながら吸いつく。蜜口を弄っていたリディアの指を抜き取り、代わりに彼の指が隙間を埋めると先ほどとは比べ物にならないくらいの快感に背中が震えた。

彼の指というだけで倍増した快感に切なさが募る。中をかき回され溢れた蜜は、ぽたぽたと絨毯に淫猥な染みを作っていった。

「セル……ジュ」

彼が立てる卑猥な水音がこの行為を歓んでいる証に聞こえてきて、恥ずかしくてたまらない。止めてほしいと思うのに、いざそうなるとどうしようもない寂しさに襲われることは分かっていた。それでもとリディアは彼の肩を叩き、止まらないと知ると今度は髪を摑んだ。

こんなことをしていたら折角の衣装が着られなくなってしまう。焦るリディアを尻目に、困惑をもたらす彼は愛撫を続けながら「あなたの蜜はとても甘いですね」なんて言う始末だ。

「も……脱がせて」

耐えきれずについにはしたないおねだりを口走った。すると、ようやくセルジュが顔を上げ、蜜壺から抜き取った指を見せつけるように舐めた。

なんて淫靡な仕草なんだろう。こくり…と喉が鳴った。

欲情に染まった瞳に見据えられながら、秘部に鼻をすり寄せられる。くち…と指を奥深くまで挿し込まれ、赤い舌先で花芯を突かれた。

「やぁ……っ」

ぶるりと走った電流に腰が震える。なのに、埋め込んだ指はそのまま微動だにしない。指の感触だけがじわじわと蜜壁に浸透してくる感覚がもどかしかった。

「私が欲しいですか」

囁く声音のなんて甘いことか。

分かっていてあえて問いかける彼は実はサディストなのではないだろうか。けれど、きゅんと疼く下腹部が今以上の快感を求めて、そんな彼の指を締めつけた。

リディアは頬を羞恥に染めながらもおずおずと頷く。ここまできて止めることなどできない。快感に飢えた体は彼が欲しいと叫んでいた。

「……して」

恥じらいながら告げた懇願。動き出した指に充足の吐息が零れる。刹那、潜る指が二本になった。

「あぁっ!!」

リディアの性感帯を知り尽くした指が蜜壁の気持ちいい場所を擦りあげる。待ち望んだ快感に体の中を渦巻いていた肉欲が歓喜の悲鳴を上げた。じゅぷじゅぷと指が動く度に掻き出される蜜。幾度となく肌を重ねてきたけれど、こんなにも感じたことなどない。

「だめ……っ、も……」

達してしまう。

そう告げる間もなく、体中の血が沸騰する。走り出した快感に目を瞑った時、

「――ッ!!」

体が絶頂に飛んだ。

前のめりに傾いだ体を立ち上がったセルジュが抱き止める。

「は……」

彼の胸に顔を埋め彼の匂いに包まれているだけでも、快感を覚えてしまう。駆け上がった快楽への階段、けれど余韻に浸るにはまだ少し足りない。

額をすり寄せれば、彼の忍び笑いが聞こえた。

「あなたという人は」

ゆっくりと体を起こされ、見つめ合う。重ねた唇からはほのかに蜜の香りがした。混じり合った唾液が口端から零れ、細い筋を描いて首筋に伝う。衣擦れの音がして、やがて秘部に彼の昂りが押しつけられた。

「ん……ぁ」

くちゅりと舌が絡まる淫靡な旋律に肌が興奮に粟立つ。セルジュの腕に縋りながらねだるように腰を揺らめかせると、欲望の先端が蜜襞を掻くように擦る仕草で応えてきた。

その間も夢中で肉厚の舌の感触を味わう。

「ぁ……んんっ」

ぐっと入り込んできた怒張は雄々しく、熱い。口づけながら眉を寄せたリディアに「辛いですか？」と唇のすぐ上でセルジュが囁いた。

「大丈夫……だから」

あなたのすべてが欲しい。

彼の体を引き寄せれば、セルジュが充足めいた溜息を吐いて腰を沈めていく。

徐々に隙間を埋められていく快感が切なくて心地好い。湧き上がる悦びにうち震える秘部は彼の欲望を締めつける。くっと苦しげな表情が醸す色香に愛欲を煽られた。

女を狂わす魔性の男。

溜息をつくことすら躊躇わせるほどの美貌が快感に彩られる様をひとり占めしたくて、女達は彼に狂うのだ。

(でも、これからはずっと私だけのもの)

肌がぶつかるまで深く差し込まれ、ほうっと歓喜の吐息が漏れた。見つめ合い、その瞳に宿る情欲に愛の焔を見る。ゆるり、ゆるりと始まった律動。吐き出す息が触れるほど顔を寄せ合い、その吐息にまた欲情した。

「あ……、あっ、は……ぁ、あっ」

昼下がりの衣装部屋に木霊する二人の息遣いと、肌のぶつかる音、長い影が絡まりひとつになってゆらゆらと揺れている。

「リディ……ッ」

きゅんと疼いた子宮が彼の精を求めている。もう何度受け止めたか分からない欲望の飛沫が恋しくてたまらない。

早く、注ぎ込んで。

余裕がないのもお互い様。激しくなる腰遣いにリディアは振り落とされまいと彼の首に

縋りつく。

　ふわりと初夏の風に舞い踊る薄いカーテンがふたりの姿を覆った刹那、

「――ぁあっ!!」

　リディアが二度目の絶頂に慄き、セルジュも欲望を吐き出した。

　言葉なんていらない。荒い呼吸が治まるまで口づけて慰め合い、互いの存在を確かめ合った。

　欲しかった柔らかで甘美な余韻は、まどろみを覚えるくらい幸福に満ちていた。これからはこの時間が延々と続いていくのかと思うと涙が出そうになる。

　長く遠回りした恋。何度も諦めたセルジュへの恋慕は今、リディアの手の中にあった。

　でも、これはたくさんの人に支えられ導かれて手にできた奇跡だということをリディアは一生忘れないだろう。

「愛してます」

　肩に頬を擦りつけ、愛に満ち溢れた声音の告白にリディアは心からの笑顔を浮かべた。

あとがき

こんにちは。宇奈月香《うなづきこう》です。

この度は『臆病な支配者』をお手に取っていただきありがとうございました。

おかげさまでソーニャ文庫様より三作目を出版させていただけました。これも私の作品を読んでくださった皆様のおかげです。

いかがだったでしょうか。毎回、ドキドキしながらあとがきを書いています。丁度、この原稿を書き始めた頃に九州を走る豪華列車の話題がテレビで流れていて「なんてタイムリーなんだ！」とひとり興奮していました。

さて、今回のヒーローなのですが、プロットを書き始めた時は「次こそは格好いいヒーローを」と意気込んでいたはずなのに、仕上がってみればとても面倒臭いヒーローになっていました。しかも、へたれっぽい……。けれど、彼。見た目だけはめちゃめちゃ格好いいんです!!

今回も花岡美莉《はなおかみり》先生にイラストを描いていただけました。お仕事をご一緒させていただく度に先生の作品に圧倒されるのですが、『臆病な支配者』のカバーイラストも素敵だと思いませんか！　コンセプトを聞いた時は唸りました。セルジュの記憶喪失を三段階で表すというアイディア！　上段の色鮮やかな花の部分は記憶に色がついたイメージ、中段の白い花の部分は記憶が戻りそうなイメージ、下段のセピア色の部分は記憶が取り戻せないイメージを描いています。鍵となるペンダントを咥えるセルジュのまた色っぽいことと言ったらもう！　ラフ画をいただいた時から担当様と「ヘタレのくせに」ときゃあきゃあはしゃいでしまいました。さすが魔性の男。

花岡先生、素晴らしいイラストをありがとうございました！

今回、私の諸事情に担当様をはじめ多くの方からのご配慮を賜りましたこと、この場を借りてお礼申し上げます。

おかげさまで無事、第一子を出産することができました。

本当にありがとうございました。

宇奈月香

Sonya ソーニャ文庫

この本を読んでのご意見・ご感想をお待ちしております。

◆ あて先 ◆

〒101-0051
東京都千代田区神田神保町2-4-7 久月神田ビル7階
㈱イースト・プレス　ソーニャ文庫編集部
宇奈月香先生／花岡美莉先生

臆病《おくびょう》な支配者《しはいしゃ》

2014年7月8日　第1刷発行

著　者　宇奈月香《うなづきこう》
イラスト　花岡美莉《はなおかみり》

装　丁　imagejack.inc
D T P　松井和彌
編　集　安本千恵子
営　業　雨宮吉雄、明田陽子
発行人　堅田浩二
発行所　株式会社イースト・プレス
〒101-0051
東京都千代田区神田神保町2-4-7 久月神田ビル8階
TEL 03-5213-4700　　FAX 03-5213-4701
印刷所　中央精版印刷株式会社

ISBN 978-4-7816-9533-4
定価はカバーに表示してあります。

Sonya ソーニャ文庫の本

お前の体に聞いてやる。

双子の妹マレイカの身代わりとして反乱軍の将カリーファに捕らわれた王女ライラ。マレイカへ恨みを抱くカリーファは、別人と知らぬままライラに呪詛を施し薄暗い地下室で凌辱し続ける。しかしある日、ライラこそが過去の凄惨な日々を支えてくれた初恋の人だったと知り——。

『**断罪の微笑**』　宇奈月香

イラスト　花岡美莉